TROIS MARIAGES ET UN BÉBÉ

RECUEIL DE NOUVELLES HEART FALLS
TOME 1

VIVIAN AREND

Three Weddings and a Baby / Trois mariages et un bébé
Copyright © 2025 par Arend Publishing Inc.
e-Book ISBN : 978-1-998508-28-0
Broché ISBN: 978-1-998508-29-7
Correction de la version originale par Manuela Velasco
Relecture de la version originale par Angie Ramey & Linda Levy
Traduit par Myriam Abbas et Valentin Translation
Conception de la couverture © Damonza

MESSAGE DE LA PART DE VIVIAN

Après la fin de l'histoire, *leurs* histoires continuent.

Une des choses fantastiques dans le fait d'écrire une longue saga familiale, c'est de pouvoir revisiter les personnages qui ont déjà connu leur *happy end*.

Les trois premières histoires de cette collection sont les mariages des couples de la série *Le Ranch de Silver Stone*. Ce ne sont *pas* des romans, mais plutôt des tranches de vie. Les nouvelles sont apparues précédemment dans des newsletters, et elles sont disponibles gratuitement sur mon site internet, mais je les ai mises ici à votre disposition pour que vous puissiez les lire sur vos liseuses.

Mais le bébé dans le titre ? C'est tout nouveau !

Il fallait que j'écrive une nouvelle sur Josiah Ryder et Lisa Coleman (*L'Histoire tendre d'une cow-girl*) pour accompagner cette collection. Il s'avère que... Oui ! De grands changements se profilent pour le vétérinaire de Heart Falls et notre coordinatrice de manigances préférée. Bien sûr, Ollie le terrier tient aussi un grand rôle dans cette histoire. Elle me prie de vous dire *ouaf, ouaf, ouaf*[i] !

Jetez un coup d'œil aux introductions pour voir où les histoires individuelles s'intègrent dans l'ordre de lecture de la série si vous voulez éviter les *spoilers* pour les livres que vous n'avez pas encore lus ! L'ordre de lecture est donné à la page suivante si vous voulez vous assurer d'avoir lu chaque tome jusqu'ici. J'ai fait quelques allées et venues entre les séries, alors si vous en avez raté, c'est le moment de rattraper votre retard !

J'espère que ces histoires vous feront sourire.

Avec toute mon affection, ainsi que celle de vos amis de Heart Falls.

SURPRISE À BOOTSTOMP POINT

Surprendre Tamara n'est pas des plus évident en temps normal, mais Caleb est déterminé à ce que cet événement spécial se produise sans qu'elle s'occupe de l'organiser. Avec l'aide de sa fille aînée, et une visite dans un lieu mémorable, il est temps pour Tamara de faire véritablement partie de la famille Stone.

Chronologie : Cette scène se déroule le premier jour de l'été après *Au cœur du ranch* et avant *Retour au ranch*.

1

CALEB

21 juin, ranch de Silver Stone

Peu de choses faisaient peur à Caleb Stone. Peu de choses qui l'obsédaient ou l'inquiétaient. À moins qu'il se mette à penser à sa famille.

Quand il s'agissait de celle-ci, il passait du temps et dépensait son énergie chaque jour à s'assurer que les choses se passent bien. Et chaque jour, il était heureux d'apprécier ce qu'il avait tandis que sa vie s'enrichissait et devenait plus heureuse parce qu'il avait sa famille avec lui.

Il était logique qu'il fasse quelque chose pour contribuer à son bonheur à *elle* s'il le pouvait.

Ses petites filles, Sasha et Emma, étaient ses « pierres » de cœur. Le reste de sa famille – qu'il avait élevée – l'enveloppait aussi de toute part, parfois littéralement.

Comme lorsqu'il passa les portes de l'écurie et faillit être renversé par son frère Dustin, qui courait pratiquement dans l'autre sens.

— Regarde où tu vas, ronchonna Caleb.

— Désolé, Tamara m'a envoyé un texto et demandé si je pouvais aller chercher quelque chose en ville pour elle.

Caleb résista à l'envie de rouler des yeux comme sa fille aînée avait tendance à le faire.

— Tu as déjà fini de travailler ?

Dustin marqua une pause, l'air un peu coupable.

— Je te promets de m'y remettre et de terminer avant la fin de la journée.

Caleb agita la main vers lui. L'adulation que Dustin ressentait pour Tamara ne faisait que se renforcer, mais en l'occurrence, qu'elle lui demande un service était une bonne chose.

Ça voulait dire que son petit frère ne les accompagnerait pas accidentellement lors de la petite sortie en famille qu'il prévoyait avec seulement Tamara et les filles.

— Vas-y. Arrête-toi aussi à la poste et vérifie s'il y a quelque chose pour nous.

— Bien sûr, chef ! lança Dustin en partant d'un pas vif, essayant d'avoir l'air décontracté.

Caleb secoua la tête en retournant dans l'écurie pour seller leurs chevaux, sifflant en travaillant, presque sûr qu'il était sur le point de rendre au moins trois personnes très heureuses.

Quatre, s'il se comptait. Ce n'était pas une mauvaise idée le premier jour de l'été.

— Si tu deviens plus gai, les chevaux pourraient se plaindre.

Son frère Luke se pencha par-dessus le bord du box où Caleb était entré pour prendre le cheval que Sasha avait désigné comme le sien.

— Parce que les chevaux n'aiment pas que les gens soient heureux près d'eux ?

Luke attrapa une couverture de selle et la posa sur le dos de Firecracker.

— Les chevaux aiment la stabilité, et tu es bien plus guilleret que tu ne l'étais il y a un an.

Caleb n'allait pas le contredire.

— Je n'avais pas Tamara dans ma vie, il y a un an.

Luke lui donna une solide tape approbatrice sur l'épaule.

— Bien, alors je suppose que les chevaux devront s'habituer à ce que tu ne sois plus un fumier ronchon.

— N'allons pas trop loin. Que dirais-tu plutôt d'être un fumier *moins* ronchon ? proposa Caleb en lançant un grand sourire à son frère. Je ne veux pas faire de grandes promesses.

— Promesses modestes et attentes surpassées. C'est le meilleur système de vente au monde, répondit Luke en regardant sa montre. Walker a dit qu'il appellerait quand il aurait terminé son rodéo aujourd'hui pour nous tenir au courant de son classement. Je passerai plus tard pour te donner les nouvelles.

— J'emmène Tamara et les filles dîner, puis nous les déposerons chez une amie pour une soirée pyjama.

Luke haussa un sourcil.

— D'accord. J'ai bien reçu le message. Je ne passerai *pas* à la maison cc soir.

— Tu es un homme intelligent.

Caleb recommença à seller les chevaux et regarda rapidement sa montre. Il ne voulait pas être en retard. Pas pour ça, et avec trois femmes à rassembler sans les informer qu'il avait des projets, il devait se dépêcher.

Heureusement, cela s'était avéré être une magnifique journée, et les chevaux furent ravis de le suivre jusqu'à la grille devant la maison, où il les attacha. Il monta les marches du porche, ses pieds touchant à peine le sol.

Sasha ouvrit la porte.

— Maman s'habille, chuchota-t-elle.

— Lui as-tu donné mon cadeau ?

Sasha hocha la tête, la joie dansant dans ses yeux.

— Elle est jolie.

— Ta mère est jolie avec tout.

Caleb se pencha et embrassa Sasha avant de presser un doigt contre ses lèvres. Il n'avait pas révélé le secret à Emma, mais il pouvait faire confiance à Sasha pour se taire, et il avait eu besoin d'une complice.

Cela avait tellement plu à son aînée qu'on lui révèle un secret ! Et c'était aussi ça la famille... elle évoluait. Aussi étrange que cela lui semble de découvrir qu'il n'avait plus des bambines, mais des petites personnes qui avaient leurs propres idées et des opinions définies.

Emma arriva, tapant du pied dans ses nouvelles bottes de cow-boy.

— Elles sont bizarres, se plaignit-elle.

Caleb tendit la main et l'aida à remonter ses chaussettes, acceptant son bisou de gratitude quand il eut terminé.

Puis *elle* fut là. La femme qui était entrée dans leur vie comme une tornade et l'avait renversée, lui montrant ce que c'était d'avoir de nouveau le cœur qui battait.

Ce que c'était d'être très amoureux.

Tamara posa une main sur l'épaule de Sasha un instant avant d'étreindre et d'embrasser rapidement Caleb. Elle recula et ajusta ses nouvelles lunettes.

— Merci pour le cadeau, mais ce n'est pas mon anniversaire.

— Elles sont mignonnes, avança-t-il en laissant traîner le bout de ses doigts sur l'extrémité de son nez pendant qu'il admirait les montures blanches décorées de petites roses rouges.

— Oh, je n'ai aucun problème à ajouter une autre paire de lunettes à ma collection, le taquina-t-elle. C'est pour ça que je t'ai donné les détails de mon compte. N'hésite pas à m'en acheter quand tu veux.

Sasha avait ouvert la porte et faisait signe à Emma de la rejoindre.

— *Viens*, Emma. Avec qui vas-tu monter ? Mamounette ou papounet ?

Emma eut l'air partagée, regardant l'un, puis l'autre, jusqu'à ce que Tamara se mette à rire, la soulève et la serre dans ses bras.

— Je ne sais pas où nous allons, mais je suis presque sûre que nous devrons y aller et en revenir à cheval. Alors pourquoi tu ne monterais pas avec ton papounet maintenant ?

La petite fille étreignit Tamara et l'embrassa avant d'être reposée au sol et de se rapprocher précipitamment pour glisser la main dans celle de Caleb.

Il lança un coup d'œil autour de lui, soudain subjugué d'être entouré par autant d'amour sous la forme de trois femmes de différentes tailles.

— Tout le monde est prêt à partir ?

Cela était sorti d'un ton plus ronchon qu'il n'en avait eu l'intention, mais elles se pressèrent toutes vers les chevaux, ignorant sa maladresse. En fait, Tamara s'approcha sous le prétexte de s'assurer qu'Emma était stable sur le cheval, glissa une main autour du cou de Caleb avant qu'il ne monte, puis l'attira vers elle pour l'embrasser.

Tamara le regarda dans les yeux.

— Je t'aime, chuchota-t-elle.

— Je t'aime aussi.

Il ne se lassait pas de le lui dire. Il ne s'en lasserait jamais, et alors qu'il se prenait place sur la selle et aidait Emma à tenir les rênes devant eux, il fit tourner les chevaux vers leur destination avec une profonde détermination.

Certaines choses étaient simplement prédestinées.

2

TAMARA

Ils ne semblaient pas pressés d'arriver où que ce soit, mais cela convenait à Tamara. Elle était assise sur le dos de Stormy, se balançant confortablement alors que leur petit groupe avançait à un rythme tranquille. Sasha chevauchait à ses côtés, discutant sans fin de tous les projets qu'elle avait pour l'été.

— Et il ne reste que dix jours d'école, et après ça nous pourrons t'aider davantage avec le jardin. Et papa dit que lorsque je serai à la maison pour l'été, je pourrai monter Firecracker tous les jours.

— Du moment que tu es avec l'un de nous, ou un de tes oncles, oui.

Cela lui avait été déjà dit, mais Tamara pensait qu'avec Sasha, cela ne faisait pas de mal de répéter.

— Et tu n'es pas autorisée à entrer dans les manèges avec les chevaux toute seule, ajouta-t-elle.

— Kelli ne peut pas m'emmener ? Kelli dit que monter à cheval, c'est la liberté sur quatre jambes.

Tamara émit un petit rire.

— Kelli est très poétique pour une ouvrière de ranch. Mais pour l'instant, non. Tu auras plein d'occasions de chevaucher cet été sous la surveillance de la famille.

La moue de Sasha ne pouvait pas durer très longtemps, pas avec le magnifique air du premier jour de l'été et le soleil qui réchauffait le sol autour d'eux. Devant elles, Caleb écoutait Emma lui raconter une histoire. La petite fille parlait trop bas pour que Tamara l'entende, mais rien que ce murmure doux et régulier faisait éclore une grandissante sensation printanière dans son cœur.

Emma ne s'était pas mise à employer des phrases complètes du jour au lendemain, mais au cours des derniers mois, elle avait progressé à pas de géant. Confiante dans le fait qu'elle était aimée, qu'elle avait des gens qui avaient choisi de l'aimer de manière inconditionnelle.

Quelque chose dans le cœur de Tamara la chatouilla de nouveau, un peu comme le cœur du Grinch qui devenait trois fois plus gros d'un coup. Oui, elle était foncièrement tombée sur un endroit merveilleux. Ce n'était pas à ça qu'elle s'était attendue neuf mois plus tôt, mais passer de perdre son travail à trouver une famille...

La vie était vraiment belle.

Comme ils sortaient du sentier vers le chemin le plus court vers les Heart Falls, l'endroit où Caleb les emmenait devint clair. Les arbres se resserrèrent autour d'eux, la riche odeur d'une nouvelle floraison transformait le passage en un tunnel menant à Shangri-La.

Ils sortirent des arbres pour se retrouver dans la lumière du soleil. Devant eux se trouvait l'étang étincelant à la base des chutes. Les rochers familiers où Caleb et elle avaient partagé une deuxième rencontre plutôt spectaculaire, et où elle l'avait ensuite demandé en mariage, se trouvaient sur la droite.

Caleb s'arrêta et glissa de son cheval, l'attachant avant de tendre les mains pour soulever Emma de la selle. Tamara aida Sasha à mettre pied à terre, et tous les quatre flânèrent tranquillement le long du bord de l'étang, lançant des cailloux et faisant des ricochets.

Un doux moment de paix et de calme au milieu de journées mouvementées pour eux tous. Les filles s'occupèrent, entrant en compétition pour voir qui pouvait lancer sa pierre dans l'eau avec le plus gros plouf.

Tamara se glissa à côté de Caleb et s'appuya contre lui alors qu'il lui passait un bras autour de la taille.

— Merci de prendre du temps dans ta journée pour rendre ça possible. C'est agréable d'aller se promener avec toi au soleil.

Caleb déposa un baiser sur sa tempe et la serra fort.

— Nous le ferons plus souvent.

Puis il pointa du doigt le point d'observation des rochers.

— Vas-y. Nous te retrouverons en haut.

— Bootstomp Point ? Tu es sûr qu'il n'y a aucun risque ? Tu sais que les grandes aventures commencent toujours là-bas, le taquina-t-elle en s'éloignant avant qu'il ne puisse lui mettre la main aux fesses.

Les filles surprirent leurs rires et se précipitèrent pour les rattraper alors que Tamara les menait sur les rochers vers le pic où elles auraient la meilleure vue de l'étang. De cet endroit, quand elles baissaient les yeux vers la chute d'eau, une forme de cœur parfaite se dévoilait.

Emma s'appuya contre Tamara et glissa les doigts entre les siens.

— C'est comme si le cœur recevait de l'amour qui se déverse dedans, puis qu'il s'écoulait là-bas au bout et circulait partout dans Silver Stone.

Tamara sourit. C'était non seulement beaucoup de mots, mais c'était une idée profonde de la part de la petite fille.

— Il y a bel et bien beaucoup d'amour qui circule dans tout Silver Stone.

Derrière elles, Caleb se racla la gorge.

— Exact. Il y a beaucoup d'amour à Silver Stone, mais il manque quelque chose.

Tamara se retourna pour lui demander de quoi il parlait, momentanément distraite par la vue de quelqu'un qui marchait sur le chemin de l'autre côté de l'étang. Un homme grand à la peau noire en faisait le tour, semblant déterminé à les rejoindre.

— Qu'est-ce qui nous manque, papa ? demanda Sasha.

Pour Dieu sait quelle raison, les mots sortirent comme si elle s'était entraînée plusieurs fois. Tamara lui lança un coup d'œil étonné avant de revenir sur Caleb, qui avait un grand sourire.

— C'est plus un détail technique qu'autre chose. Ta mère et moi, nous nous sommes dit que nous nous aimions et que nous allions nous marier, et j'y ai réfléchi. Nous pourrions faire les choses de manière très chic, mais ce n'est pas trop notre truc. Alors je me suis demandé si ça vous irait si nous célébrions le mariage ici et maintenant.

Mariés ? La stupéfaction frappa Tamara.

Mais pas tout le monde. Emma rendit son opinion évidente en laissant échapper un cri de joie, bondissant plusieurs fois, puis s'arrêtant en fronçant les sourcils.

— Mais je veux être une semeuse de pétales.

Caleb hocha la tête.

— J'y ai pensé.

Il se retourna pour saluer l'homme qui était arrivé près d'eux. L'inconnu était maintenant reconnaissable, c'était le père de certaines des nouvelles amies de Tamara à Heart Falls.

Malachi Fields tendit la main à Tamara et Caleb, puis passa un sac à Sasha.

— Désolé d'être en retard. Êtes-vous prêts ?

— Presque.

Caleb tapota Sasha sur l'épaule.

Sa fille aînée attrapa Emma par la main et fila un peu plus loin, se mettant à genoux pour fouiller dans le sac que Malachi avait apporté.

La tête de Tamara lui tournait.

— Nous nous marions. Tout de *suite* ?

Caleb désigna Malachi.

— Il est juge de paix. Et là-bas, nous avons deux semeuses de fleurs qui seront prêtes dans environ dix secondes.

Malachi leur lança un grand sourire. Sasha et Emma s'étaient déjà relevées, des diadèmes de fleurs sur la tête, et les mains remplies de quelque chose de blanc et rouge.

Même si Caleb ne lui avait pas dit qu'il préparait ça, ils avaient en effet parlé de se contenter d'une cérémonie simple. Sa seule sœur était à l'étranger et ne reviendrait pas avant la fin de l'été. Sa sœur adoptive organisait un grand mariage en août. Les sœurs de Tamara et le reste de la famille Coleman ne pourraient pas s'éloigner du ranch de sitôt, et plutôt que d'avoir une partie de la famille présente et pas l'autre...

Intime et spécial, telle semblait être la solution.

— Nous nous marions. Tout de suite, répéta Tamara, sans aucune question dans la voix cette fois alors qu'elle voyait le bonheur emplir le regard de Caleb. C'est toi qui commandes. Dis-moi où je dois aller.

— Par ici, mamounette.

Emma agita la main. Sasha leva une troisième couronne de fleurs.

Tamara obéit volontiers, s'agenouilla et pencha la tête en avant pour que ses filles – oh là, là, ses *filles* – puissent arranger les fleurs rouges et blanches.

Emma lui embrassa la joue et lui tendit un bouquet : des marguerites et de minuscules boutons de rose.

— Elles sont assorties à tes lunettes, lui dit Emma sérieusement.

Caleb avait été délicat et ingénieux.

— Je suppose que ce sont mes lunettes de mariée, répondit Tamara avec un sourire.

Elle se leva et découvrit que Sasha avait rejoint Caleb et glissait une rose dans sa poche de poitrine. Ce fut seulement alors que Tamara remarqua que sa chemise noire était un peu trop chic pour une promenade à cheval, mais d'un autre côté, elle en était encore au stade où elle le regardait fixement, quoi qu'il porte.

Malachi leva un doigt puis chercha dans sa poche pour en sortir son téléphone. Il appuya sur quelques touches, monta le volume, et soudain le son familier d'une marche nuptiale résonna à travers le paysage rocheux.

Tamara se mit à rire et tapota Emma sur l'épaule.

— Très bien, semeuse de pétales. Amuse-toi.

Emma tendit la main dans le sac, et la seconde d'après, une poignée de pétales de rose vola dans les airs pour atterrir éparpillés sur les rochers en dessous d'eux.

C'était un de ces moments absolument parfaits que Tamara n'aurait pas pu imaginer si elle avait eu un million d'années devant elle. Ses joues lui faisaient mal à force de sourire alors qu'elle se redressait et levait le bouquet devant elle.

Elle regarda l'homme qu'elle aimait dans les yeux alors que la musique jouait et que la chute d'eau résonnait – ou en tout cas, elle fixait Caleb entre deux regards vers le sol pour s'assurer de ne pas trébucher sur les fentes dans la pierre.

Chaque fois qu'elle relevait les yeux, il souriait encore plus, jusqu'au moment où elle posa la main dans la sienne et où ils se tournèrent ensemble vers Malachi, qui se tenait le dos tourné aux chutes.

Sasha attrapa la main gauche de Tamara, et Emma se faufila dans le petit espace entre Tamara et Caleb, et maintenant la seule musique qu'on entendait était le son des chutes d'eau tandis que Malachi entamait la cérémonie.

Finalement, Malachi leur demanda de se faire face.

— Cette partie-là dépend de vous, dit-il. Vous ne pouvez pas vraiment vous tromper.

Irréel. Des vœux près d'une chute d'eau.

Les filles reculèrent d'à peine cinq centimètres. Tamara donna son bouquet à Sasha, puis Caleb lui prit les deux mains, et son regard se tourna vers son visage. Ses yeux étaient sombres et sérieux, mais elle lisait aussi l'humour et la joie qui s'y étaient affermis au cours des derniers mois alors qu'ils tombaient encore plus amoureux.

— Tamara Coleman, je te prends pour épouse, je t'offre mon amour et mon cœur. Aujourd'hui, et chaque jour, je promets de te donner tout de moi – mon corps, mon esprit et mon âme –, et ensemble nous ferons face à l'avenir. Nous rirons ensemble, pleurerons ensemble et ferons notre vie ensemble.

Il glissa un anneau à son doigt. Elle ne baissa même pas les yeux. Tout ce qu'elle voulait était juste là devant elle, inscrit sur son visage. Son cow-boy sévère et têtu, prêt à tout donner pour sa famille, et elle était follement heureuse de pouvoir faire partie de sa vie.

Et maintenant, c'était à son tour.

— Caleb...

Sa gorge se serra.

Oh là, là, cela allait être plus dur qu'elle ne l'avait imaginé.

Sasha tira sur sa main, et Tamara baissa les yeux et vit l'aînée de Caleb lever la paume, un anneau posé dessus.

— C'est pour papa, dit-elle fermement. Ne la laisse pas tomber.

Tamara éclata de rire, et soudain elle put parler, du moins quelques instants. Elle se pencha et embrassa Sasha sur la joue en prenant l'anneau.

— Merci, ma puce.

Tamara se redressa et fit face à l'homme qu'elle aimait.

— Caleb Stone, je te prends pour époux, je t'offre mon amour et mon cœur. Je te promets que tu auras tout de moi aussi, mais puisque tu m'as fait une surprise, je n'ai rien préparé d'aussi tendre que ce que tu m'as dit. Mais c'est pour toujours et sincère, dit-elle en tournant son attention sur Sasha et Emma, et ça vous inclut toutes les deux. Je vous prends pour filles. Je serai la meilleure mère possible pour vous.

Avec un petit cri de joie, deux petites filles se pressèrent contre elle alors qu'elle se tournait vers Caleb. Lui avait aussi les larmes aux yeux, des larmes qui n'étaient pas là avant qu'elle n'inclue Sasha et Emma.

Elle savait où se trouvait le cœur de Caleb. Fermement entre *toutes* leurs mains.

Elle glissa l'anneau au doigt de Caleb, mais oubliez le baiser... Tamara et Caleb se penchèrent à l'unisson pour étreindre leurs deux petites filles.

Il leur fallut un moment avant que toutes les larmes de bonheur ne soient essuyées, et ils se tournèrent vers Malachi, qui rangeait un mouchoir dans sa propre poche, souriant l'air penaud.

— Pour ne pas faire traîner ça plus que nécessaire, je vous déclare maintenant mari et femme, dit-il en levant un doigt.

Puis il leva un autre doigt.

— Et une famille, termina-t-il. Puissiez-vous vivre longtemps et heureux.

Caleb attrapa Tamara et, avec leurs filles qui les

agrippaient étroitement, déposa les lèvres contre les siennes, et ils s'embrassèrent pour la première fois de leur vie d'époux.

C'était une bonne journée.

Sɪ ᴠᴏᴜs ᴠᴏᴜʟᴇᴢ ʟɪʀᴇ l'histoire de Caleb et Tamara, vous pourrez la trouver dans *Au cœur du ranch*, premier tome de la série *Le Ranch de Silver Stone*.

COUPS DE CŒUR À HEART FALLS

Walker Stone et Ivy Fields se marient, et toute leur famille – même les chèvres – semble vouloir s'en mêler. C'est pour ça que Walker prend les commandes, avec une surprise pour rendre cette journée parfaite pour Ivy et lui.

Chronologie : Cette nouvelle commence le dernier jour de *La Fiancée du ranch* et le jour précédant le début de *L'Histoire tendre d'une cow-girl*.

1

IVY

1er mars, ranch de Silver Stone

Ivy Fields passa prudemment la tête au coin du couloir avant de s'avancer vers les stalles.

— Walker ?

Il n'y eut pas de réponse.

Rien en dehors des habituels sons de l'écurie, ce qui voulait dire que c'était loin d'être silencieux. Les chevaux remuaient et hennissaient, des seaux faisaient des bruits métalliques, et le grondement sourd des voix portait d'assez loin tandis que les ouvriers de Silver Stone vaquaient à leurs occupations. Mais là où elle se trouvait, il n'y avait que des murmures et les allées étaient désertes.

L'odeur sucrée du foin chatouilla le nez d'Ivy, et elle dut se forcer à ne pas éternuer.

Il fallait éviter à tout prix d'éternuer.

— Walker ?

Elle regarda de nouveau son téléphone, mais seul le

message d'origine s'y trouvait. Il lui avait dit de le retrouver à l'écurie, mais maintenant qu'elle était là, lui n'était nulle part.

Ivy lui envoya un rapide message : *Où es-tu ?*

Puis elle s'installa sur une chaise placée sur le côté des stalles, inspirant profondément pour laisser le calme du lieu de l'envahir. Un instant de calme au milieu de l'agitation de tout ce qui devait être accompli ce samedi n'était pas un luxe, même s'il y avait des choses qui *devaient* être faites parce qu'ils avaient une date limite.

Le lendemain, c'était leur mariage. À elle et Walker. Après avoir été séparés tant d'années, ils étaient enfin de nouveau réunis et le seraient pour toujours.

Elle ferma les yeux tandis que ses lèvres s'incurvaient en un sourire. Dernièrement, la vie avait été merveilleuse parce que Walker était...

Eh bien, honnêtement, il était le seul à faire battre son cœur.

Quelque chose lui toucha la cuisse. Elle ouvrit les yeux, prête à sourire à Walker.

Une chèvre gris et blanc leva la tête comme elle et cligna sérieusement des yeux.

Zut. Une des trois chèvres de compagnie qui appartenaient aux nièces de Walker s'était échappée.

Encore.

Ivy posa une main sur le cou de l'animal pour l'empêcher de se rapprocher. Ses doigts se glissèrent dans le nœud papillon rouge vif attaché au collier de l'animal et la médaille apparut, identifiant laquelle d'entre elles l'agaçait actuellement.

— D'accord, tu es assez près, Meany.

Il n'était pas d'accord, poussant plus fort, comme s'il voulait l'étreindre. Seulement Ivy n'étreignait *pas* les chèvres.

Elle se leva pour mieux prendre appui.

— Arrête ! ordonna-t-elle de son plus beau ton de directrice adjointe.

Mais Meany semblait déterminé à s'approcher au plus près.

Ivy recula, et l'instant d'après, elle se retrouvait pressée contre le mur près de la sellerie.

Cela semblait un peu bête, mais elle ne voulait pas prendre en charge plus qu'elle ne le pouvait. Même si Meany n'était pas si large que ça, Ivy était institutrice, pas cow-girl. Elle savait, après avoir regardé Sasha et Emma s'occuper de leurs animaux de compagnie, que si une chèvre le voulait, elle pouvait se défendre.

Lutter avec une chèvre la veille de son mariage n'était pas dans les projets d'Ivy, alors elle se glissa rapidement dans la sellerie, fermant partiellement la porte pour empêcher Meany d'entrer.

— Désolée, mais toi et moi nous ne sommes pas meilleurs potes. Tu vas simplement devoir trouver quelqu'un d'autre à câliner.

Elle lut dans les yeux de Meany l'absolue tristesse complète d'être rejeté.

Ou peut-être que c'était quelque chose de bien plus machiavélique, parce qu'il pencha légèrement la tête, plissa les yeux...

Juste avant de se retourner et de donner un coup de sabot.

Ivy recula automatiquement. Le mouvement n'avait pas été dirigé vers elle mais vers quelque chose près de la porte. Un vacarme résonna, puis une collision, et la porte tressaillit sous ses doigts.

À travers la légère fente entre la porte et le chambranle, Meany lui sourit avant de tourner les talons. Il avança délicatement sur quelques pas, puis bondit facilement sur le dessus de la stalle la plus proche, effectuant un numéro d'équilibriste impossible. Un autre bond et il trotta vers la porte ouverte menant dehors dans le manège.

— Sale gosse, marmonna Ivy en s'apprêtant à ouvrir la porte.

Rien.

Elle poussa encore alors qu'elle regardait par la fente pour essayer de voir...

Une grosse boîte en bois était posée sur le sol devant la porte, une autre juste derrière la première. Elles étaient suffisamment bien calées pour que, quelle que soit sa force, Ivy ne puisse pas faire bouger la porte.

Mais elle essaya pendant dix bonnes minutes, parce que demander à être sauvée signifierait qu'elle devrait expliquer comment elle s'était retrouvée dans cette situation.

C'était inutile.

— Nom d'un chien !

Ivy posa le front contre le solide panneau en bois et se mit à rire. Battue par une chèvre. Ce n'était pas un de ses moments les plus glorieux, mais c'était assez drôle pour qu'elle puisse apprécier la situation sous un nouveau jour.

Admettant finalement sa défaite, elle sortit son téléphone et appela Walker.

Moins de cinq minutes plus tard, l'ouverture de la porte s'élargit pour révéler ses traits familiers et bien-aimés. La curiosité brillait dans les yeux de Walker, mais il y avait aussi de l'inquiétude.

— Intéressant endroit pour se retrouver. Tu prévois de changer de carrière, Princesse ?

Ivy se lova dans ses bras et passa les doigts sur ses larges épaules, absorbant sa chaleur et laissant la joie dans sa voix lui assurer qu'elle allait vraiment bien.

— Meany était le cerveau maléfique derrière ce rendez-vous.

— Ah, oui. Les chèvres de l'apocalypse.

Walker lui passa les doigts sous le menton et l'examina de près avant de hocher la tête, comme s'il était content de découvrir qu'elle ne lui cachait rien.

— J'ai été retardé par mes frères pour les dernières nouvelles générales, et nous terminions quand Meany est passé. Puis tu as appelé.

Elle se serait expliquée, mais Walker passa une grande main derrière son dos et, doucement mais avec insistante, il l'attira vers lui. Leurs lèvres se frôlèrent brièvement, puis encore une fois. Les lèvres de Walker étaient douces contre les siennes, faisant disparaître la minuscule frustration apparue à la suite de sa situation embarrassante.

Leurs baisers devinrent plus brûlants alors qu'ils se prolongeaient. Walker posa sa main libre au creux de ses reins, et attira son corps contre le sien. Ses muscles contrastaient avec son corps doux d'une manière parfaite, sa ligne élancée et sa force passionnée, solide comme le roc, faisaient oublier à Ivy qu'elle avait été piégée par une chèvre. Elle oublia qu'elle devait encore finir de se préparer pour son mariage.

Ivy oublia le lendemain qu'elle attendait avec impatience *et* redoutait tout autant, parce que les célébrations étaient synonymes de rassemblement, et même si elle était constituée de ses proches, Ivy ne savait toujours pas comment elle allait réagir face à une foule.

La passion flamba entre Walker et elle, intense et déchaînée, comme toujours. Un éclair blanc et un incendie, ils étaient prêts à se rapprocher, alors lorsqu'il recula, ce fut bien plus vite qu'elle ne s'y attendait.

Il posa le front contre le sien, haletant alors qu'il puisait dans son sang-froid à toute épreuve pour les faire ralentir.

— Quelle que soit mon envie de continuer, nous devons aller donner un coup de main avec les chèvres.

— Pour en faire un ragoût ? demanda Ivy. Je pourrais être partante pour ça... *oh* !

Elle s'esquiva alors que les doigts de Walker glissaient sur son postérieur.

— *Walker.* On ne pince pas.

— On ne suggère pas de cannibalisme, la taquina-t-il. Ces chèvres font partie de la famille.

— La famille éloignée, insista-t-elle. Et elles ne peuvent pas m'appeler *tata Ivy*.

Il se mit à rire en prenant sa main dans la sienne avant de l'éloigner de l'écurie.

— J'aime bien ton manteau, Neige.

Elle avait mis le vêtement bleu vif cet après-midi parce qu'elle savait que cela le ferait sourire.

— Moi c'est *toi* que j'aime.

Walker la laissa à côté de l'enclos des chèvres avec un baiser brûlant, puis se joignit à la chasse aux animaux de compagnie insaisissables.

Les quatre frères travaillaient avec Sasha et Emma, même s'il semblait y avoir plus de bras qui s'agitaient et de cris excités que de chèvres capturées.

Tamara, lourdement enceinte, avançait vers Ivy dans la neige, escortée par sa sœur Lisa dans la neige.

Celle-ci prit la main de Tamara et l'aida à attraper la barrière pour se soutenir.

— Contente de te voir sur pied.

Tamara lui lança un grand sourire.

— Comment pourrais-je rater ne serait-ce qu'une seule des escapades endiablées des chèvres ?

Sa sœur avait l'air perplexe.

— Je me demande si les filles ne bricolent pas l'enclos pour aider ces animaux à sortir à cause de toute l'excitation que ça provoque.

Toutes trois marquèrent une pause, s'entre-regardant alors qu'elles envisageaient cette idée, parce qu'en fait, c'était possible.

Puis Ivy secoua la tête.

— Non. Je pense que c'est à cent pour cent le pouvoir des chèvres maléfiques.

— Je suis d'accord. Et pour l'amour du ciel, ne *pense* même pas à cette idée, Lisa, parce que si elles pouvaient, mes filles le feraient, l'avertit Tamara sévèrement.

— Oh, pas d'inquiétude.

Lisa lança un coup d'œil au chaos, un sourire sur le visage.

— Nous sommes presque prêts pour demain, de notre côté, dit-elle à Ivy.

— Presque prête, moi aussi, avança Ivy joyeusement.

Lisa tourna la tête, et elle lança un de ces *regards* à Ivy. Ceux qui disaient qu'elle savait qu'Ivy racontait des bobards.

Un instant plus tard, elle se retrouva enveloppée dans une puissante étreinte, Lisa lui chuchotant à l'oreille.

— Tu vas avoir une journée incroyable. Je le sais. Fais-moi confiance.

L'assurance totale de ce message suffit à calmer un peu les nerfs d'Ivy.

— Merci, chuchota-t-elle avant de rejoindre Tamara à côté de la clôture.

Lisa recula.

— Si vous allez bien toutes les deux, je vais les aider pour rameuter les chèvres.

Tamara lui fit signe d'y aller.

Tant de choses à attendre avec impatience, tant de bonheur ! Ivy pensa à la bénédiction qu'elle recevait tandis que Tamara et elle regardaient sept humains poursuivre futilement trois chèvres avec une énergie sans bornes.

Une cavalière solitaire apparut. Une corde vola, mais au

lieu de tomber sur la tête d'une chèvre, elle s'enroula autour des épaules de Luke.

Sa fiancée, Kelli James, se rapprocha pour le libérer. Ivy se tourna délibérément pour ne pas donner l'impression de les regarder, mais il lui était impossible de détourner les yeux alors qu'ils s'esquivaient ensemble. L'amour était inscrit dans chacun de leurs gestes.

Près d'elle, Tamara se moquait joyeusement de ses enfants et de son mari. Caleb, habituellement posé et sévère, semblait en rajouter pour ses enfants, et Ivy sourit au son des rires de petites filles.

Quand elle tourna la tête et trouva Walker qui la regardait, les yeux pleins d'amour, elle faillit fondre.

Quoi qu'apporte le lendemain, elle serait capable d'y faire face parce que Walker serait avec elle. Il possédait son cœur et il lui offrait des fondations solides comme le roc.

Son amour.

Walker lui fit un clin d'œil puis lui envoya un baiser.

L'instant d'après, une des chèvres évita Dustin qui tendait les bras et frappa l'arrière des genoux de Walker, et il roula sur le sol.

2

WALKER

Ce n'était pas normal. Une journée avait passé et Dustin souriait *encore* à chaque fois qu'il regardait Walker.

— Tu vas souffrir, dit Walker en passant à côté de son frère cadet.

Ils étaient dans la cuisine de la maison du ranch de Silver Stone, se préparant pour le mariage.

— Arrête maintenant, ou tu vas le regretter, ajouta-t-il.

Personne d'autre n'avait dit un mot à propos de la chute de Walker. Bien sûr, Caleb avait été occupé à faire les yeux doux à Tamara, et Luke avait disparu avec Kelli, mais quand même...

Il n'était tout simplement pas normal que son petit frère l'ait vu vaincu par une *chèvre*.

Dustin leva les mains en l'air.

— Bien. C'est le jour de ton mariage, alors je vais être sympa.

— Ce qui veut dire que demain tu recommenceras à me taquiner, c'est ça ?

Son frère lui lança un grand sourire.

— Ducon.

Walker l'avait marmonné discrètement par respect pour les petites personnes qui couraient dans la pièce.

Dustin haussa les sourcils, puis s'en alla répondre à un appel à l'aide de Tamara.

La seconde d'après, Lisa se tenait à côté de Walker.

— Tansy a appelé. Elles sont en chemin. Elles devraient être là dans dix minutes.

Walker ne s'était pas attendu à ce que des papillons apparaissent dans son ventre, mais ils étaient bien là et s'imposaient, comme lorsqu'il montait un taureau.

— Oh, hé, dit Lisa en tapotant sa poche et en sortant un morceau de papier plié. Ta sœur a envoyé une lettre il y a quelques jours et m'a dit de te la remettre maintenant.

— Merci.

Il avait reçu un e-mail de sa sœur adoptive Dare ce matin-là aussi, ainsi que des félicitations de sa part et de celle de son mari, Jesse, et une promesse de venir bientôt les voir.

Il déplia la page et découvrit l'écriture familière de Ginny.

Walker

Tu n'écoutes pas bien les ordres, hein ? Je t'ai dit d'attendre mon retour, mais nooooon, il fallait que tu te maries pendant que je trime encore en Italie.

Bien. Je comprends. J'ai vu la manière dont tu regardais Ivy quand j'étais là cet été. Fonce et commence à profiter du véritable amûr le plus vite possible.

Vous le méritez tous les deux.

Je suis sérieuse. Tu es un grand frère génial, Ivy est merveilleuse, et j'ai hâte de regarder votre mariage et de pleurer.

(Fais-moi confiance, c'est une bonne chose. Les meufs adorent pleurer aux mariages.)

Je t'aime, frangin.

Ta sœur préférée, la nommée Ginny.

Walker cligna fort des yeux tout en souriant. Elle était tellement... *Ginny*.

Il se tourna vers Lisa, qui attendait patiemment.

— Merci. Tu as tout installé ?

L'idée avait germé pour qu'ils puissent partager tout de même ce moment avec ses sœurs, mais la vérité l'avait frappé... Ginny et Dare n'étaient pas les seules qui apprécieraient de visionner le mariage.

Le reste du programme s'était développé à partir de là.

Lisa pointa du doigt l'autre côté de la pièce vers un moniteur de télévision apporté du salon, qui se trouvait au sous-sol. L'image merveilleuse d'une chutc d'eau glacée ornait l'écran. Immobile, jusqu'à ce qu'on le regarde de plus près. Puis il était possible de voir des branches délicates s'agiter doucement, tandis que le vent du mois de mars passait comme un chuchotement à travers la cime des arbres lointains.

— L'enregistrement a commencé. Je vous filme tous les deux *et* j'ai une caméra dans la pièce ici. Ça veut dire que tu as les témoins dont tu as besoin, et tu verras toutes leurs réactions. Alors tiens-toi bien. Ou pas, comme tu veux.

— Compris, dit Walker en regardant son frère aîné approcher. Je pense que c'est à moi.

Walker fut saisi dans une rapide étreinte alors que Lisa le serrait fort. Elle le lâcha, puis lui lança un clin d'œil.

— Joyeux mariage.

La main de Caleb se posa sur son épaule avant qu'il ne puisse répondre. L'instant d'après, Walker se retrouvait dehors à côté d'Hannibal, son cheval.

Luke et Caleb le rejoignirent, les bras croisés sur le torse. Leurs expressions tendues.

Seigneur. Il n'avait vraiment pas besoin de mauvaises nouvelles en cet instant.

— Vous me faites peur, gronda Walker. Qu'est-ce qui ne va pas ?

Le visage de Caleb ne changea pas, mais un muscle dans la joue de Luke tressaillit une seconde avant qu'il n'abandonne le numéro et ne se mette à sourire.

— Bon sang, je savais que je n'y arriverais pas.

Leur frère aîné roula des yeux et poussa l'épaule de Luke.

— Sentimental.

— Ouais, et alors ?

Luke attira Walker pour l'étreindre, lui tapant suffisamment fort dans le dos pour faire trembler les dents.

— Je suis si heureux pour toi, frangin ! ajouta-t-il.

— Moi aussi, acquiesça Caleb avant de marteler Walker avec tout autant d'enthousiasme.

— Hé, doucement avec le marié. Si vous m'esquintez, Ivy va vous engueuler, les avertit Walker.

Mais cet instant avec Luke et Caleb était parfait. Il affirmait la place occupée par ses amis les plus proches, qui se trouvaient faire partie de sa famille. Tout comme la taquinerie de Dustin quelques minutes plus tôt était normale, et le message de Ginny...

Walker n'aurait pas voulu qu'il en soit autrement.

Puis *elle* arriva, et Ivy était la seule personne qu'il voie.

Elle sortit de la voiture et il fut là pour lui prendre la main, la regardant avec stupéfaction.

— Mon Dieu, tu es magnifique.

Elle rougit, mais elle croisa son regard sans détour.

— Merci.

La mère et les sœurs d'Ivy se rassemblèrent pour les dernières étreintes avant d'entrer dans la maison.

Sa mère s'attarda un instant. Elle prit le visage d'Ivy entre ses mains et la regarda avec des yeux emplis d'amour.

— Tu es réellement magnifique, ma puce, à l'intérieur

comme à l'extérieur. Grâce à la personne que tu es et à tout l'amour que tu donnes. Nous sommes si fiers de toi, ton père et moi ! Sois bénie lors de cette journée spéciale.

Les yeux d'Ivy se remplirent de larmes.

— Maman...

— Je sais, ne pas te faire pleurer.

Sophie Fields se tourna vers Walker et le stupéfia en prenant son visage dans ses paumes.

— Et *toi*. Tes parents seraient si fiers de l'homme que tu es devenu !

La gorge de Walker se noua, et il resta sans voix.

Sophie se pencha et parla doucement.

— Je sais, ne pas te faire pleurer non plus, mais il fallait que ce soit dit.

Elle l'embrassa sur la joue puis s'écarta.

— Amusez-vous bien, les enfants.

La porte de la maison se referma, et soudain il n'y eut plus qu'eux. Lui et Ivy qui se tenaient sur le sol enneigé à côté de son cheval.

Ivy examina Walker attentivement, hésitante devant cette tournure inattendue des événements.

— Hum, ça ne te dérange pas de m'expliquer ce qui se passe ?

— Non.

Il la souleva dans ses bras et Ivy laissa échapper un petit cri aigu en s'agrippant à son cou.

Un instant plus tard, il était assis sur la selle, Ivy fermement assis en amazone sur ses cuisses. Walker claqua la langue pour Hannibal et se tourna vers les montagnes.

Ivy posa la paume sur le visage de Walker en riant doucement.

— Est-ce que c'est non, tu ne m'expliques pas, ou non, ça ne te dérange pas de m'expliquer ?

— C'est un *nous allons nous marier, et aucun de nous n'a vraiment besoin d'un public.*

Ils se dirigeaient dans la bonne direction à un rythme tranquille, alors Walker se concentra sur sa future mariée.

— Je t'aime, Princesse des Neiges. Tellement que je pourrais me tenir en haut de la plus haute montagne et le crier jusqu'aux cieux. Mais je n'ai pas besoin d'avoir un tas de personnes qui nous acclament... attends, c'est pas ça. Nous *avons* besoin d'un tas de gens qui nous acclament, et qui nous soutiennent, et de savoir qu'ils sont là pour nous. Nous avons ça. Ta famille, et la mienne.

— Pourtant nous semblons nous éloigner de la maison où je suis presque sûre que l'essentiel de notre famille est rassemblé.

Les yeux d'Ivy s'adoucirent.

— Et je porte une doudoune par-dessus ma robe de mariée.

Walker passa une main sur son bras, admirant son manteau bleu vif et les bouts de robe de mariée qu'il pouvait voir. Dans ses cheveux d'un blond argenté étaient entrelacées de petites fleurs bleues dont le cœur était d'un argenté étincelant, et elle était l'incarnation de la princesse des neiges dont il était tombé amoureux bien des années auparavant.

— Mon Dieu, tu es magnifique, répéta-t-il.

Il ne pouvait s'en empêcher.

Ivy se mit à rire tout en le serrant fort.

— Je t'aime, Walker Stone.

Elle recula juste assez pour le regarder dans les yeux.

— Est-ce que ton secret a quelque chose à voir avec le fait que ma mère a insisté pour que je porte de longs sous-vêtements sous ma robe ? Et je dois te dire que c'était une des conversations les plus gênantes que j'ai eues récemment avec elle. Ou peut-être que ça explique pourquoi mon père a quitté la maison une heure avant nous ?

Walker réfléchit.

— Probablement ?

Il lui expliqua où ils allaient et que le mariage serait enregistré, puis il entreprit de la distraire pendant le reste de la chevauchée en se plongeant dans leurs souvenirs avec toute une série de questions commençant par *tu te souviens... ?* jusqu'à ce qu'ils aient tous deux des étoiles dans les yeux et se mettent à rire.

Quand ils s'arrêtèrent enfin près de l'étang gelé à la base des Heart Falls, les joues d'Ivy étaient roses, et ses yeux brillaient.

Son père, Malachi Fields – qui avait attendu patiemment au pied des chutes – s'approcha pour tenir la longe d'Hannibal. Walker descendit, puis posa délicatement Ivy au sol. Il laissa son chapeau pendre sur la selle, passa une main dans ses cheveux, et espéra sérieusement qu'il n'avait pas l'air trop décoiffé.

Malachi hocha la tête.

— Eh bien, on dirait que c'est l'heure du principal événement. Es-tu prête, Ivy ?

— Oui, papa, chuchota-t-elle. Vraiment prête.

Il lui lança un grand sourire et les mena de quelques pas sur le côté pour les placer comme il fallait pour la caméra avant d'inspirer profondément.

— C'est un privilège pour moi d'officier à quelques-unes de ces célébrations, mais je dois admettre que, même si chacune d'entre elles était spéciale, celle-ci pourrait bien me désarçonner un peu. Alors, si j'ai l'air de me paralyser, n'hésitez pas à finir sans moi.

Walker se mit à rire, puis se rendit compte que Malachi ne plaisantait pas.

— Oui monsieur.

Ivy se tourna vers Walker, glissa les mains dans les siennes, et il plongea un peu dans un monde imaginaire.

Il savait que les chutes offraient un paysage de rêve, figé de rochers escarpés, de niches et de stalactites étincelantes de plusieurs mètres de long comme seul un paradis hivernal sauvage pouvait en produire.

Le ciel au-dessus d'eux était d'un bleu magnifique, et l'air était vif dans sa gorge à chaque inspiration, même si le mois de mars était arrivé calmement et que les températures étaient plus élevées que d'habitude, un Chinook soufflant.

Regarder dans les yeux d'Ivy fit accélérer sa respiration. Cela l'amena à se concentrer sur la douceur de ses mains entre les siennes, sur sa longue robe blanche recouverte de minuscules fleurs bleues qui étincelaient dans la lumière du soleil.

Elle portait encore sa doudoune.

Malachi parlait, mais Walker n'était concentré que sur la femme qu'il aimait. Sur son visage, ses lèvres, la courbe de ses joues, et les doux souvenirs qu'il avait d'elle ici aux chutes, dans son lit, dans sa vie, et partout.

Il était si concentré que, lorsqu'elle lui adressa un grand sourire, il ne comprit pas pourquoi.

Il lança un coup d'œil au père d'Ivy.

— Est-ce que j'ai raté quelque chose ?

— Fiston, commença Malachi en reculant légèrement, avec un air absolument satisfait. La manière dont tu regardes ma fille signifie que tu n'as rien raté d'important. Mais si tu veux lui dire quelque chose sur l'idée d'être ensemble pour toujours, c'est le bon moment.

— Oui monsieur.

Merde. Il était absent pendant son propre mariage. Walker passa une main dans ses cheveux, inspira profondément puis commença.

— Ivy, j'ai pensé à cet instant et à ce que je voudrais te dire, mais c'est plutôt simple en fin de compte. Tu sais ce que je ressens. Je sais ce que tu ressens. Alors si nous continuons à travailler là-dessus pendant les cinquante prochaines années ou plus, un jour nous finirons par être parfaits. J'attends chaque minute avec impatience.

Il s'arrêta, ne sachant pas quoi lui dire d'autre.

Ce n'était ni romantique ni tendre. La poésie et les roses, il ne pouvait faire ça que dans les chansons, semblait-il, et il l'avait déjà fait pour elle.

Les lèvres d'Ivy s'incurvèrent.

— Qu'est-ce que tu *ressens*, Walker Stone ? Qu'est-ce que le fait de m'aimer te fait ressentir ?

Soudain, il était de retour sur un sol solide.

— Ça, c'est facile.

Il passa un bras autour d'elle, la faisant pivoter jusqu'à ce qu'ils soient face aux chutes. Il pointa du doigt le sommet et le rebord qu'il avait grimpé une fois.

— Imagine que tu te tiennes là puis que tu coures pour plonger de là-haut.

Ivy frissonna littéralement dans ses bras.

— *Hummm...*

Il la retourna vers lui pour qu'il puisse se pencher, maintenant face à face.

— T'aimer est un million de fois plus excitant et palpitant, et *mon Dieu*, je ne serai jamais rassasié de toi. Je t'aime, Ivy Fields, et je suis si reconnaissant que tu sois prête à être mon épouse.

Elle fondit contre lui.

— Tu es incroyable. Et même si je ne pense pas que je pourrai jamais plonger de la falaise, je suis prête à me jeter dans l'éternité avec toi. Merci de m'aimer. Merci de n'avoir jamais arrêté. Je t'aime tellement.

Au diable le protocole. Quand sa femme lui disait un *je t'aime* aussi sincère que ça, Walker devait l'embrasser.

Alors il le fit.

Il souleva Ivy et, juste là devant Malachi qui souriait, entreprit d'embrasser sa mariée avant qu'on le lui ait dit.

Le soleil brillait sur eux, un rayon de lumière vive rebondissait sur la surface de l'étang tel un projecteur tandis qu'Ivy lui rendait son baiser.

Walker garda leur étreinte à peu près appropriée pour être vue en public en s'écartant juste assez d'Ivy pour sourire sans honte à son nouveau beau-père.

— Alors, est-ce que ça veut dire que nous sommes mariés ?

Un rire retentit. Malachi hocha la tête tandis que son amusement irradiait.

— Bien sûr. Pourquoi pas ? Bienvenus dans la vie d'époux, Walker et Ivy Stone.

Un énorme craquement retentit, comme un coup de feu. Le son résonna tandis qu'un rugissement emplissait l'air. Derrière eux, la surface gelée de la chute d'eau réagissait à la chaleur de la journée, et une énorme portion se détacha d'en haut pour tomber au sol dans un fracas assourdissant.

Une réaction en chaîne commença, et tandis que l'air s'emplissait d'un crescendo de bruits métalliques, de sons perçants et de crépitements, Ivy s'appuya contre Walker. Ensemble, ils regardèrent avec émerveillement tout le mur de glace qui dévalait vers le sol. Des fragments brisés volaient partout, et avec la lumière du soleil qui se reflétait sur la glace, c'était comme un spectacle de lumière au milieu de la journée.

Il fallut un moment pour que le silence se fasse. Le cœur de Walker martelait encore.

Ivy avait encore le souffle coupé lorsqu'elle se tourna vers lui. Elle secoua légèrement la tête.

— Walker Stone, c'est le plus beau mariage que je puisse imaginer.

Il noua ses doigts aux siens et les serra fort.

— Moi aussi. Ivy *Stone*.

Une lueur de pur plaisir pur illumina le regard de celle-ci avant que Walker ne cède à la tentation et ne l'embrasse de nouveau.

Bien sûr, ce fut à ce moment-là qu'il se rappela que tout ça était enregistré. Tout depuis sa perte de concentration jusqu'à la chute de glace et tout le reste. Il pouvait imaginer les rires et les cris déclenchés à Silver Stone…

Les souvenirs créés et partagés d'une manière qui était parfaite pour eux deux.

Walker lâcha Ivy, mais garda sa main dans la sienne.

— Tu veux agiter la main vers la caméra avec moi ? chuchota-t-il.

Ivy cilla avant de hocher la tête.

— J'avais oublié.

C'était bien de savoir qu'il n'était pas le seul.

— Nous pensions à autre chose.

Il se tourna vers la caméra, et ils agitèrent tous les deux la main.

Soudain Walker se trouva attiré dans une étreinte aimante tandis qu'Ivy lui offrait un autre baiser brûlant.

Un rire bouillonna en lui, et il l'attrapa dans ses bras et la fit tournoyer, faisant voler sa robe et flotter ses longs cheveux derrière eux.

Avec de l'amour dans les yeux alors qu'elle fixait les siens.

— Je t'aime, répéta-t-elle doucement, rien que pour lui. Maintenant et pour toujours.

Si vous avez envie de lire l'histoire de Walker et Ivy, vous pouvez la trouver dans *Retour au ranch*, le deuxième tome de la série *Le Ranch de Silver Stone*.

MARIAGE ET RODÉO

Nous sommes fin avril, et Kelli James est sur le point de créer des ennuis à son fiancé, Luke Stone. Heureusement qu'il apprécie par-dessus tout son espièglerie !

Chronologie : Cette histoire prend place au printemps, environ un mois avant *L'Histoire secrète d'une cow-girl*.

1

───────────

KELLI

_K_elli James était allongée dans le fenil, le dos s'enfonçant dans la paille alors qu'elle regardait les grains de poussière dériver dans le rayon de soleil au-dessus d'elle.

C'était un de ses endroits préférés. L'écurie, où même maintenant les chevaux remuaient paresseusement dans leurs stalles. L'odeur dans l'air était celle de la campagne pure, ce qui voulait dire peu de fumier, mais une tonne de cet arôme de terre riche qui s'attardait là où vivaient les animaux.

Oui. C'était son lieu d'escapade le plus reposant, pourtant elle avait l'estomac plus noué que lorsqu'elle était sur le point d'affronter un animal qui avait plus d'énergie que de cervelle.

Le parquet craqua, mais le sifflement doux qui accompagna ce son fit qu'elle ne se donna pas la peine de bouger, sinon pour laisser un bras tomber sur son front.

Elle n'eut pas le temps de cacher les preuves près d'elle.

Le petit rire familier de Luke lui chatouilla les oreilles.

— Tu as l'air très _damoiselle mélancolique en détresse_ avec cette pose. Tu prends des cours de théâtre avec Lisa et Josiah ?

Kelli roula sur le côté alors qu'il s'installait sur le ballot de foin sur sa droite. Quel que soit son degré de frustration, avoir une occasion de regarder son homme n'était pas une occasion à rater.

Une mèche de cheveux bruns était tombée sur son front, le début de barbe sur ses joues et sa mâchoire indiquait que c'était presque la fin de la journée. Elle ne savait pas ce qu'il avait fait, mais il avait eu suffisamment chaud pour remonter ses manches, ce qui donnait un aperçu de ses avant-bras puissants.

Les muscles tendaient le tissu sur ses biceps, ses cuisses gainées de jean n'étaient qu'à trente centimètres d'elle...

— Tu as l'air délicieux, dit-elle en ignorant sa question. À ton avis, quelles sont nos chances de nous faire prendre si je décide de te sauter dessus tout de suite ?

Il se pencha vers elle, les coudes posés sur les genoux tout en baissant les yeux.

— Plus ou moins cent pour cent. Même si je n'ai aucune objection à ce que tu me sautes dessus, en principe.

Kelli se recroquevilla un peu, glissa les mains le long des cuisses de Luke, se rapprocha, leva la tête et l'embrassa.

L'instant d'après, les bras passés autour d'elle, Luke la soulevait tout en se redressant pour l'attirer sur lui. Pendant tout ce temps, leur baiser ne s'était pas interrompu. Il était un peu plus marqué, un peu plus intense.

La caresse ferme de ses mains le long du dos de Kelli puis sur son postérieur fit rugir son moteur encore un peu plus. Le corps musclé de Luke était solide comme le roc de toutes sortes de manières intéressantes.

Une toux résonna près du sommet de l'escalier.

Les lèvres de Luke s'incurvèrent en sourire contre celles de Kelli.

— Cent dix pour cent.

— Heureusement que je vous connais aussi bien, se plaignit Caleb avec une pointe d'amusement.

Puis il éleva la voix, lançant derrière lui :

— O.K., les filles. Vous pouvez monter maintenant. Tata Kelli est là. Elle peut nous aider à trouver les chatons.

Ses deux petites personnes préférées étaient sur le point d'arriver, alors Kelli déposa un dernier baiser rapide sur les lèvres de Luke avant de lui murmurer une rapide promesse.

— Ce sera pour plus tard.

Il lui tapota le postérieur en faisant semblant de l'aider à se lever.

Kelli étouffa un gloussement en saluant Sasha et Emma.

— Est-ce que c'est l'heure de câliner les chatons ?

— Kelli dit que c'est toujours l'heure de câliner les chatons, répondit Sasha avant de ciller. Je veux dire, c'est *toi* qui dis ça.

Emma hocha la tête avec enthousiasme, glissant la main dans celle de Kelli.

Seigneur, ces fillettes étaient mignonnes. Même si le fait que Sasha répétait tout ce que Kelli disait était devenu un rappel permanent de surveiller son langage.

— Eh bien, je ne veux certainement pas interrompre la chasse aux chatons.

La tentative de Luke de s'éloigner fut immédiatement anéantie par Sasha qui l'attrapa par la main.

— Tu peux rester, tonton Luke. Kelli dit que câliner des chatons rend les gens moins grincheux.

Sasha leva les yeux vers lui, la tête penchée sur le côté.

— Est-ce que tonton Luke est grincheux ? demanda Emma en se joignant à l'examen avant qu'un petit pli ne se forme entre ses sourcils. C'est bon, je te laisserai câliner mon chaton préféré. Tu te sentiras bien mieux.

Oh Seigneur. La vérité sortait de la bouche des enfants.

Kelli leva les yeux vers Luke, essayant de dissimuler son grand sourire.

— Eh bien, nous ne pouvons pas laisser un tonton Luke grincheux se promener dans le ranch de Silver Stone, n'est-ce pas ?

Luke accepta sans sourciller, même s'il jeta un coup d'œil à son frère et lui lança un froncement de sourcil pour le mettre en garde.

— Pas de commentaire.

— Je n'ai rien dit, assura Caleb en levant les mains en signe de protestation.

Puis il se frotta les paumes et avança comme s'il avait hâte de commencer.

— D'accord, les filles, continua-t-il. Allons trouver des chatons.

Ils filèrent, rampant prudemment sur les ballots de foin, mais pas avant que Luke n'ait remarqué la pile de magazines que Kelli feuilletait. Ceux sur la mise au point de la parfaite journée de mariage et les dernières robes de mariée à la mode.

Magazines qui rendaient Kelli complètement dingue depuis que ses amies lui avaient présenté la pile durant une récente soirée entre filles.

Chercher des chatons était exactement ce dont elle avait besoin pour calmer les papillons sauvages dans son ventre.

Être fiancée à Luke ? C'était incontestablement la chose la plus merveilleuse qui lui était arrivée dans sa vie. Cela voulait dire pouvoir être avec l'homme qu'elle aimait plus que tout. Cela voulait dire faire partie d'une merveilleuse famille et avoir un foyer.

L'affaire de la robe de mariée ? Cela ne lui envoyait pas de frissons à travers le corps, mais lui donnait plutôt la nausée.

— Viens, tata Kelli.

La voix douce venait d'Emma. Elle avait grimpé au sommet

d'un ballot et regardait au-delà de ses mains avec émerveillement. Quand Kelli la rejoignit, une si grande joie l'animait qu'elle fut débarrassée de toutes les sensations déplaisantes qui gâchaient son bonheur.

Une toute nouvelle portée de chatons était pressée autour de sa maman, et le contentement irradiait de la ribambelle de perfection poilue.

Kelli se sentit elle-même baignée de chaleur lorsque Luke les rejoignit, l'entourant comme une couverture protectrice alors qu'il baissait les yeux, respirant lentement. Il frotta sa joue contre la sienne.

— Ils ont l'air plutôt contents, non ?

Elle aussi était contente. Tout comme ces bébés chatons, être enveloppée par la chaleur protectrice de Luke était tout ce dont elle avait besoin.

C'était les choses simples. Il s'agissait *toujours* des choses simples.

À un moment dans les jours qui suivraient, elle allait le dire clairement.

2

LUKE

*L*uke Stone était fou amoureux et complètement malheureux.

Qu'on remarque qu'il était grincheux n'avait pas aidé non plus. Le fait que sa nièce de dix ans ait remarqué le grondement dans ses tripes était un signe évident qu'il devait trouver un moyen d'arranger ça, et vite.

Et même si câliner des chatons avec Kelli était une solution à court terme, même la promesse d'ébats déchaînés et palpitants une fois qu'ils rejoindraient l'isolement de leur foyer ne pouvait effacer la frustration qui s'attardait.

Ce qui voulait dire qu'il était temps de faire quelque chose parce que repousser la discussion n'allait pas la rendre plus facile.

Caleb et Luke attendirent à l'extérieur de l'écurie que Kelli finisse de donner des câlins et des bisous de bonne nuit à Emma et Sasha. Son frère le regarda prudemment.

— Tu veux en parler ?

— Bon sang, il y a quelque chose d'écrit sur mon front au feutre ? demanda Luke.

Son frère haussa les épaules.

— Il est évident que quelque chose te turlupine. Et je sais que les choses vont bien entre toi et Kelli, alors ce n'est pas ça.

Luke réfléchit.

— J'essaie juste de trouver la voie qui rendra les bonnes personnes heureuses.

— Hum.

Caleb lui lança un coup d'œil mesuré.

— Un petit conseil. Trouve d'abord la voie qui vous rendra heureux, Kelli et toi. Ceux qui n'apprécient pas cette voie ne sont pas les bonnes personnes.

C'était un merveilleux conseil, bien que dur à appliquer car Luke ne savait pas si Kelli et lui allaient dans la même direction sur ce sujet en particulier.

Malgré tout, il hocha la tête puis serra impulsivement son frère dans ses bras en lui tapant dans le dos.

— Merci.

Caleb lui lança un petit sourire tandis que Sasha et Emma attrapaient leur père par la main et commençaient à le ramener vers la maison où leur mère et leur petit frère les attendaient.

— Fais moi savoir si je peux faire quoi que ce soit pour t'aider, lança Caleb par-dessus son épaule avant d'accorder toute son attention à ses filles.

La prise ferme de Kelli s'enroula autour de la main de Luke.

— Je suis prête à te sauter dessus, si tu es toujours intéressé.

Il baissa les yeux et marqua une pause quand il remarqua la brassée de magazines qu'elle avait placée contre sa poitrine.

— Très intéressé, mais tu ne voudrais pas aller faire une promenade à cheval avant ?

Elle lança pratiquement les magazines sur la table sur le côté du couloir, se retournant vers la sellerie alors qu'il la suivait.

Comme une machine bien huilée, ils furent bientôt sur le sentier, assis confortablement sur leurs selles tandis que la chaude nuit de printemps les entourait.

Kelli lui tendit une barre de granola.

— Je ne veux pas que tu aies les crocs, le taquina-t-elle.

Étant donné qu'il retardait leur dîner, ce n'était pas une mauvaise idée. Ils mangèrent pendant qu'ils chevauchaient tranquillement et que les chevaux prenaient instinctivement la direction de l'étang de Heart Falls. C'était un des lieux spéciaux du ranch, et Luke ne s'en lassait jamais.

C'était un lieu où des conversations difficiles pouvaient avoir lieu et quand même donner l'impression d'être un peu magique.

Ils finirent par se tenir la main, laissant pendre leurs bras entre leurs chevaux alors qu'ils se balançaient à un rythme tranquille vers le bord de l'eau. La fonte du printemps rendait les chutes un peu plus sauvages en cet instant, l'étang prêt à déborder alors que tout autour d'eux des oiseaux chantaient et que de nouvelles feuilles vertes s'agitaient sur les arbres.

Kelli descendit de son cheval, lâcha les rênes et laissa l'animal s'éloigner pour grignoter de la fraîche herbe verte.

Luke l'attrapa par les doigts et la mena sur les rochers où l'étang en forme parfaite de cœur était clairement visible.

Elle glissa un bras autour de la taille de Luke tout en posant la tête sur son torse.

— C'est tellement beau ici !

Il la regarda. Ses longs cheveux bruns, ses yeux magnifiques – regardant la nature mais s'accrochant fort à lui. Elle avait l'air d'être à sa place.

Elle était totalement à sa place dans ses bras.

Luke devait vraiment se remettre de son problème. Mais depuis qu'ils étaient allés sur la propriété du grand-père de Kelli dans le Kentucky, il s'inquiétait. Que leurs amis Jack et

Diane soient passés avait été merveilleux, mais cela aggravait aussi le problème.

Kelli se plaça devant lui et remonta les mains sur son torse.

— Je t'aime.

— Je t'aime aussi.

De toutes ses forces. Avec chaque fibre de son être, c'était pour ça qu'il devait se comporter en homme et admettre son problème ou se taire et feindre qu'il n'existait pas.

Kelli leva fermement le menton.

— J'ai quelque chose à te dire.

Elle avait l'air si sérieuse ! Pendant une brève seconde, il paniqua.

— Tu es... *enceinte* ?

Elle cilla et resta bouche bée.

— Oh mon Dieu, *non* ! Enfin, pas encore. Enfin, est-ce que tu aurais aimé que je le sois ?

— Non. Enfin, si ça arrivait, ça m'irait, mais je pensais que nous allions attendre un moment. Alors ça n'est pas grave si tu ne l'es pas.

Luke balbutiait.

La tension quitta Kelli, et elle poussa un soupir de soulagement.

— Bon. Tant mieux. Je voulais simplement te dire que je t'aime, et que je veux me marier, mais qu'il n'y a pas moyen que j'accepte de faire toute une cérémonie. J'espère que ça t'ira.

Ce fut à lui de ciller.

— *Quoi ?*

Elle baissa les mains, et attrapa sa ceinture comme si elle cherchait du soutien.

— Les filles m'ont donné tous ces magazines de mariage, et même si les robes de mariées sont belles et tout ça, l'idée d'en choisir une dans laquelle je me sentirai étouffée... d'abord c'est un vrai gâchis d'argent parce que je ne la porterai qu'une fois. Enfin, disons que c'est bien bête.

Luke n'y avait jamais pensé.

— Je suppose que si c'est une chose que tu as toujours voulue...

Kelli secoua vigoureusement la tête.

— Et puis quand nous sommes allés voir grand-père Timothy, il a parlé d'accueillir le mariage là-bas. Diane s'y est mise aussi, et je fais des cauchemars depuis. Enfin, ils s'attendent probablement à ce que je descende ce grand escalier dans cette fichue robe de mariée dont je ne veux déjà pas, et je peux m'imaginer trébucher et tomber.

L'amusement commençait à gagner Luke. Pourquoi avait-il douté ne serait-ce qu'un seul instant ?

— Alors, ce que tu dis, c'est *pas de cérémonie*. Mais tu veux te marier.

Elle hocha fermement la tête, puis la pencha avec hésitation.

— Est-ce que ça te dérange ?

Il la souleva et la serra contre lui, puis frotta son nez contre le sien.

— Tu sais ce qui me rendait grincheux ces derniers temps ? Penser à ce grand mariage chic dans la maison de ton grand-père Timothy. Devoir attendre au bas de ce grand et long escalier que tu descendes vers moi alors que tout ce que je veux, c'est t'avoir à mes côtés.

— Tu veux rire ! dit Kelli, le visage illuminé. C'est vraiment mignon, au fait.

Ils se sourirent pendant un moment. Luke tourna sur lui-même et la fit rire avant de la reposer sur le sol.

— O.K., alors. Marions-nous.

— Ça a l'air d'un bon plan. Comment faisons-nous ? Tu veux aller...

Kelli marqua une pause lorsqu'il sortit son téléphone et passa un appel. La curiosité illuminait son visage alors qu'elle attendait qu'il parle.

— Malachi ? Ici Luke Stone. Êtes-vous occupé ce soir ?

Cela prit beaucoup moins de temps qu'il ne s'y attendait. Il dut promettre d'envoyer leur paperasse déjà remplie à Malachi aussi vite que possible, mais Luke raccrocha avec tout le bonheur du monde bouillonnant en lui.

Kelli vibrait pratiquement d'excitation.

— Qu'a-t-il dit ? Et nom d'un chien, tu es *sérieux* ?

Luke l'attrapa par la main et la mena vers le chemin qui faisait le tour de l'étang, et ils marchèrent côte à côte vers le pied de la chute d'eau.

— Il a dit qu'il pourrait être là dans un quart d'heure.

Elle le fit stopper.

— Ça veut dire que nous n'avons pas assez de temps pour appeler tout le monde.

Il croisa son regard sans détour.

— Nous organiserons une fête pour le célébrer, et toute notre famille et nos amis pourront être là. Mais il s'agit de ce qui est bien pour nous. Il s'agit de nous marier. Point.

— Ça me convient, lui assura-t-elle. Mais je devais simplement signaler que personne d'autre n'aura la preuve que tu aies dit que c'était aussi ta décision.

Le rire de Luke se fit entendre. Il la guida du côté de l'étang où l'eau tombait dans un grondement, s'écrasant à la surface. Ils durent y avancer l'un après l'autre, mais le chemin derrière les chutes était dégagé, le bruit résonnant autour d'eux jusqu'à ce qu'ils se retrouvent de nouveau à l'air libre.

Ils avaient été hors de vue le long de la rive pendant peut-être dix minutes, mais cela avait laissé assez de temps pour que la vue change.

Malachi était visible au sommet du chemin, l'homme de

grande taille à la peau noire avançant vers eux d'un pas régulier. Leurs chevaux s'étaient déplacés le long de la rive et n'étaient qu'à environ dix mètres de là où tous les deux se trouvaient actuellement.

Mais ce fut vers l'autre côté de l'étang que l'attention de Luke et Kelli se tourna. Au loin se trouvait un groupe de chevaux inconnus, et Kelli attrapa la main de Luke avec excitation.

— Des chevaux sauvages !

Il lui lança un coup d'œil.

— Vraiment ? Je pensais qu'ils n'allaient pas autant vers le sud.

— Des anciens m'ont dit chez Connie qu'un grand étalon était arrivé sur le territoire.

Elle lança un coup d'œil à leurs chevaux, sifflant vivement.

Les chevaux sauvages sursautèrent, remuant d'un air un peu gêné, mais comme rien ne se produisit sinon que leurs animaux bien dressés se dirigeaient docilement vers Luke et Kelli, la harde, se remit à paître.

Quand Malachi se joignit à eux, Luke et Kelli avaient soigneusement attaché leurs chevaux à un arbre sur le côté de l'étang, assez loin de la harde pour qu'ils ne se mettent pas en tête de s'enfuir.

Malachi lança un coup d'œil aux chevaux sauvages puis reporta son attention sur Luke et Kelli, qui se tenaient désormais côte à côte, le bras de chacun passé autour de la taille de l'autre.

— Eh bien, ça semble plutôt approprié. Je suppose que vous êtes partante pour cette idée, mademoiselle James ?

— Dites-moi quand dire *Je le veux*, parce que je le veux, confirma Kelli.

Malachi se passa une main sur la tête. Le gris argenté sur ses tempes contrastait avec ses cheveux bruns et sa peau noire.

— Bon, alors, passons à cette partie du spectacle. Nous nous inquiéterons des signatures, des témoins et de la paperasse ensuite. C'est la partie relativement peu importante.

Nom d'un chien. Ils allaient vraiment le faire. Les doigts de Kelli glissèrent dans ceux de Luke... légèrement froids, forts et portant doux.

Malachi se racla la gorge.

— Nous allons faire ça d'une manière très simple. Luke, souhaites-tu dire quelque chose à Kelli ?

Tout. Il voulait tout lui dire, mais la vérité était qu'ils avaient l'éternité devant eux. Il avait beaucoup de lendemains pour continuer à le lui dire encore et encore.

Luke la fit pivoter vers lui et lui attrapa les deux mains.

— Tu es parfaite pour moi. Tu me fais rire et tu me fais sourire. Tu me donnes envie... pas seulement physiquement, mais aussi d'être un homme meilleur. Je t'aime, Kelli. Et je vais m'assurer que tu le saches chaque jour. Parce que mon cœur t'appartient.

Kelli retenait ses larmes.

— Bon sang. Voilà une autre raison pour laquelle je ne voulais pas de cérémonie. Est-ce que tu peux imaginer ça, moi qui me tiens devant tout le monde avec le nez qui coule et les larmes aux yeux dans une robe sophistiquée qui n'a même pas de poches ?

Malachi fut secoué d'un grand rire.

Kelli chercha dans son jean et en sortit un mouchoir, s'essuyant les yeux et se reprenant. Le rire que Luke avait mentionné le gagnait. Il était sur le point d'éclater, et il était impossible qu'il le contienne.

Puis Kelli redressa les épaules, et avant que Malachi n'ait le temps de l'encourager, elle se lança.

— Luke Stone, je t'aime. Je crois que je t'ai toujours aimé. Et je n'arrive pas à croire que tu aies mentionné le sexe dans nos vœux, mais en même temps j'y *arrive*, parce qu'en définitive, j'aime vraiment cette partie de la vie avec toi. J'aime aussi que nous parlions toute la journée et que nous ayons encore envie de bavarder le soir. J'aime qu'on travaille ensemble, et qu'on joue ensemble, et qu'on profite simplement de la vie ensemble. Et je suis heureuse qu'on se marie, parce que je veux continuer à faire tout ça avec toi, pour toujours.

Impulsivement, Kelli se jeta dans ses bras, et il l'attrapa, la serrant étroitement contre lui, reprenant à peine son souffle avant que leurs lèvres ne s'unissent et qu'elle ne l'embrasse férocement.

— C'est aussi officiel que ça a besoin de l'être, dit Malachi, avec une nuance d'amusement dans la voix. Monsieur et madame Stone.

Luke arrêta lentement d'embrasser Kelli mais la garda dans ses bras.

Elle recula pour lancer un sourire espiègle au père de ses amies.

— Ne dites rien à Tansy et à Rose avant que je n'en aie l'occasion.

— Même pas en rêve, lui assura Malachi.

Il lança un coup d'œil à Luke, puis revint sur elle.

— Félicitations, continua-t-il. Je vous souhaite une vie emplie d'amour et de rires, mais étant donné les personnes à qui je parle, c'est presque acquis.

Kelli se tortilla pour poser les pieds par terre, elle serra fort Malachi dans ses bras avant de revenir se placer tout contre Luke.

— Merci.

— C'était un plaisir.

À l'autre bout de l'étang, un hennissement bruyant résonna. L'étalon sauvage s'approcha d'eux, agitant sa crinière alors qu'il faisait connaître sa présence. Il inclina momentanément la tête, puis lança un autre appel avant de faire le tour de sa harde et de la guider entre les arbres.

Malachi suivit des yeux les chevaux sauvages.

— Pile quand je pensais avoir tout vu. C'est la première fois que j'ai une harde de chevaux qui sert de témoins.

C'était un instant parfait. Un peu sauvage, rempli de chevaux, rien que Kelli et lui.

Luke attendit que Malachi remonte le sentier avant de soulever Kelli dans ses bras, avançant avec impatience.

Kelli s'accrocha tout en lui souriant.

— Bonjour, mon *mari*. Où m'emmènes-tu ?

Le rugissement de la chute d'eau monta en volume alors que Luke remontait le sentier.

— Je pensais faire une petite fête avec mon épouse. L'idée te plaît ?

Elle y réfléchit un instant avant de hocher vivement la tête.

— Je n'ai pas eu l'occasion de le dire avant, mais ça me paraît approprié maintenant. Je le veux. Et comment que je le veux !

Alors c'est ce qu'ils firent.

Si vous voulez lire l'histoire de Luke et Kelli, vous pourrez la trouver dans *La Fiancée du ranch*, le troisième tome de la série *Le Ranch de Silver Stone*.

OH, BÉBÉ !

Un chiot mignon, un mariage et un bébé. C'est tout. C'est le résumé.

La version plus longue du tricheur :

Lisa et Josiah profitent pleinement l'un de l'autre. Lui est vétérinaire, et elle est occupée à répondre à l'appel de ses sœurs et de ses amies n'importe quand et n'importe où quand elles en ont besoin. Et ils ont Ollie, le gentil petit terrier qui ne se lasse pas de ses humains préférés.

Mais alors qu'une année s'achève et qu'une autre commence, Lisa ne peut pas s'empêcher de se demander si elle ne rate pas quelque chose. Sur quoi est-elle censée se concentrer maintenant que sa grande famille est établie et que toutes ses sœurs sont heureuses ?

Ollie le sait...

. . .

Chronologie : L'action commence immédiatement après la fin de *L'Histoire rêvée d'une cow-girl*.

1

---

n rire éclata à l'arrière de la terrasse. Lisa leva les yeux alors qu'elle préparait des boissons chaudes alcoolisées et découvrit que sa plus jeune sœur avait levé les deux mains, implorant la pitié.

— J'abandonne. Je ne le pensais pas. Je ne recommencerai jamais... Zach. *Non.*

Julia cria de nouveau, plus fort cette fois, tandis que son petit ami – en quelque sorte le gars avec qui elle vivait – la soulevait sur son épaule et la faisait tourner.

— Les attaques surprises sont bien jolies, mais tu es censée t'approcher furtivement de *l'autre* équipe, Canaille, lui dit Zach d'une voix hachée par le rire.

C'est alors que Lisa remarqua les restes d'une boule de neige éparpillée sur les larges épaules de Zach et mêlée à ses cheveux châtains. Il bondit pratiquement sur le côté de la terrasse, émettant un petit rire machiavélique.

Julia cria réellement lorsqu'il la lança par-dessus le bord

puis plongea derrière elle, tandis que des nuages blancs de neige volaient vers le ciel. Plus tôt ce jour-là, Josiah avait utilisé le tracteur pour déplacer et entasser contre la terrasse une partie de la neige, récemment tombée en abondance, créant une rampe sûre mais glaciale pour le rassemblement familial de la Saint-Sylvestre.

Lisa était vraiment ravie d'accueillir toutes ses sœurs et leurs partenaires pour le dernier rassemblement festif de l'année. Cela promettait d'être une merveilleuse occasion de prendre des nouvelles de tout le monde, y compris Julia et Zach, qui venaient tout juste de leur escapade à Hawaï pour Noël.

Alors que Lisa lançait un coup d'œil autour d'elle avec une profonde satisfaction, elle restait cependant assez lucide sur elle-même pour admettre que quelque chose n'allait pas. Un problème chatouillait l'arrière de son cerveau...

Elle s'en inquiéterait le lendemain. Pour l'instant, il y avait bien trop de personnes de la famille et de chaos à apprécier.

Une autre boule de neige vola à côté d'elle, percutant violemment la vitre près de la porte de derrière.

La sœur aînée de Lisa, Karen, s'écria en riant :

— Bon sang, Finn ! Arrête d'esquiver. Si je brise une fenêtre, Lisa me cassera la tête.

Finn Marlette arriva au coin de la maison, Lisa n'avait jamais vu son expression habituellement indéchiffrable se rapprocher autant d'un sourire narquois.

— Bien sûr, *ma chérie*[i]. Blâme ta cible de s'être déplacée.

L'instant d'après, il hoquetait alors qu'une multitude de boules de neige percutait son front et son torse. Elles éclatèrent, pleuvant autour de lui comme s'il était au centre d'une boule à neige.

— Je me rends.

Il leva les mains en l'air. Un dernier missile explosa contre son torse, et il tourna un faux regard noir vers Lisa.

— Hé ! J'ai agité le drapeau blanc.

Lisa épousseta la neige de ses mains, puis les tendit vers le plateau de chocolats chauds arrosés de schnaps à la menthe poivrée qu'elle avait préparés.

— Bizarre. J'aurais pu jurer que je l'avais lancée *avant* que tu n'admettes ta défaite. Il doit se passer une sorte de truc temporel, ici même dans mon jardin.

— Bizarre mon œil, dit Karen en ricanant alors qu'elle s'écartait pour laisser passer Lisa. Joli lancer, sœurette.

— Eh bien, merci.

Cela prit un moment, mais finalement ils furent tous réunis autour du feu de camp. Quatre couples enveloppés dans plusieurs épaisseurs de vêtements et de couvertures malgré les flammes qui dansaient devant eux.

Lisa resserra un peu plus les doigts autour de son mug, s'appuyant contre le torse puissant et ferme sa personne préférée au monde. Sans hésiter une seconde, Josiah Ryder passa un bras autour d'elle, la serrant contre lui alors qu'il répondait à la question que Finn venait de poser.

Placé sur le sofa en osier de l'autre côté de Lisa, le terrier couleur crème qui était le propriétaire de Lisa et Josiah se tortilla pour prendre une position légèrement plus confortable. Ollie posa le menton sur la jambe de Lisa pour pouvoir lever les yeux vers eux deux avec son habituelle dévotion.

Cosy. Confortable. Ce fut une soirée pleine de joie familiale, et alors que la conversation se déroulait aisément parmi eux, Lisa repensa à tout ce qui avait changé au cours de l'année écoulée.

Elle devait admettre que, même s'ils avaient eu des hauts et des bas, cela en avait valu la peine.

Un an plus tôt, elle vivait chez sa sœur, l'aidant à prendre soin de sa famille pendant que Tamara gérait une grossesse difficile. Cette dernière se trouvait maintenant assise en face de Lisa, ses lunettes dorées étincelant à la lueur du feu alors qu'elle riait à une remarque de son mari, Caleb. Tous deux se tenaient la main, un lien simple tout aussi grand et solide qu'un panneau d'affichage déclarant qu'ils étaient en couple.

Karen et Finn étaient assis sur leur droite, et Julia et Zach sur leur gauche. Les quatre femmes de Whiskey Creek étaient rassemblées dans ce qui n'était absolument pas Whiskey Creek.

On pouvait apparemment affirmer sans risque que Heart Falls était désormais leur foyer.

Zach se racla la gorge.

— Sans vouloir interrompre la fête...

— ... tu vas le faire quand même, termina Finn de sa voix traînante et mesurée avant d'agiter un doigt. Ne dis jamais que tu n'aimes pas être le centre de l'attention.

— Est-ce que j'y peux quelque chose si je suis tellement mémorable et intrigant ? demanda Zach en posant une main sur son torse. Un charme naturel plus une modestie délibérée égale un spécimen spectaculaire.

Finn fit semblant de vomir. Près de lui, Karen lui donna une petite tape avec sa moufle, mais elle riait pendant que le badinage continuait encore un peu.

Josiah s'appuya contre Lisa et posa les lèvres contre son oreille.

— Ces deux-là sont dangereux ensemble.

— Tu es simplement content que quelqu'un d'autre joue les divas, le taquina-t-elle.

Un son moqueur échappa à Josiah, attirant l'attention du reste du groupe.

Josiah leur lança un grand sourire innocent.

— Alors, Zach. Tu disais ?

Celui-ci lui lança un clin d'œil.

— Julia et moi sommes rentrés tard hier soir de Hawaï.

— Ça explique le bronzage, lança Tamara d'un ton pince-sans-rire.

Elle se tourna légèrement et se pencha en avant pour parler directement à Julia.

— Pourrais-tu lui donner un coup pour qu'il en arrive au principal ? demanda-t-elle.

— Nous avons divorcé, lâcha Julia mais elle leva une main lorsque des questions confuses commencèrent à s'élever. C'est bon, parce que nous allons nous marier. Je veux dire nous remarier, pour de vrai. Seulement cette fois, ce ne sera pas à Vegas et pas stimulés par de la tequila.

L'esprit de Lisa tournoya à cette phrase, l'analysant avant d'arriver à une très jolie conclusion. Le mariage accidentel de sa sœur qui continuait puis s'arrêtait était une très bonne chose.

— Si ça veut dire ce que je pense que ça veut dire, félicitations.

Zach lui lança un grand sourire.

— Merci.

Une série de félicitations résonna, et tout le monde se leva pour échanger des étreintes et tout le reste.

Ils venaient juste de se réinstaller sur leurs sièges lorsque Zach attrapa la main de Julia et déposa un baiser sur ses doigts.

— Et aussi, c'est elle qui m'a demandé de l'épouser.

Son large sourire éclipsait le feu alors qu'il regardait les autres hommes, se vantant sans aucun doute.

— Parce qu'il fallait que vous le sachiez, ajouta-t-il.

Josiah toussa légèrement et lança un coup d'œil à Finn.

Finn lança un coup d'œil à Caleb.

Le cow-boy robuste avec un cœur en or et un extérieur bourru se renfonça dans son siège de jardin, les doigts de nouveau entrelacés à ceux de Tamara.

— Eh bien. C'est une excellente chose.

— N'est-ce pas ? Je pense que c'est un signe assez évident que nous avons quelque chose de spécial.

Il se vantait. Oui, Zach se vantait absolument.

Caleb hocha la tête.

— Et comment ! Tu sais, quand Tamara m'a demandé en mariage, j'ai pensé que c'était une des...

— Elle t'a demandé en mariage aussi ? l'interrompit Zach, l'air presque déçu pendant un instant, avant de retrouver son entrain. C'est génial.

— Karen a proposé de me demander en mariage, l'informa Finn. Juste au cas où tu tiennes les comptes.

— Eh bien, bon sang. On dirait que les Coleman de Whiskey Creek aiment faire les choses de manière un peu moins traditionnelle.

Zach fut le premier, mais quelques secondes plus tard, tous les regards étaient tournés vers Lisa et Josiah.

Oh, certainement pas.

Près d'elle, Ollie se redressa brusquement, en alerte, sentant probablement la tension montante de Lisa. Celle-ci passa une main sur la tête du chiot, l'apaisant pour interrompre le gémissement qui avait commencé.

Lisa les regarda tous franchement.

— Josiah et moi avons discuté du mariage, mais nous en sommes arrivés à la conclusion que notre relation n'a pas besoin d'être institutionnalisée.

Karen ricana.

— S'il te plaît, promets-moi que tu vas finir deux autres de ces verres puis répéter ce mot. Je veux t'entendre t'emmêler les pinceaux.

C'était trop tentant pour résister – Lisa tira la langue à sa sœur aînée et s'imprégna des rires qui suivirent.

Ils restèrent assis ensemble pendant deux heures de plus, partageant des histoires, proposant des projets pour l'année à venir.

— Les affaires courantes pour moi à la clinique vétérinaire de Heart Falls, avança Josiah. Merci de continuer à soutenir mes services.

— Tu proposes un tarif familial. Nous apprécions, dit Finn sincèrement.

— La famille ne cesse de s'agrandir. Je vais avoir les mains pleines avec Tyler, ainsi qu'avec Sasha et Emma. C'est la dernière année de Sasha avant qu'elle ne devienne une adolescente, si vous arrivez à le croire, dit Tamara en haussant les sourcils vers Caleb. J'espère que tu es prêt.

— Bien sûr que nous le sommes. En plus, si elle s'imagine pouvoir dévier du droit chemin, nous lâcherons Kelli sur elle.

Caleb l'avait dit avec un visage parfaitement sérieux.

— Si nous lui disons que *Kelli a dit* qu'elle doit se calmer, ce sera comme si Dieu avait parlé.

Karen se mit à rire.

— Espérons que ça continue à fonctionner. Mais tes enfants sont géniaux, assura-t-elle à Caleb avant de se tourner et de croiser le regard de Finn. Le ranch de Red Boot sera opérationnel d'ici le printemps. Nous ferons des essais avec quelques petits groupes, puis nous ferons tourner complètement l'exploitation d'ici le milieu de l'été.

— Si c'est ce que dit la contremaître, alors ce doit être vrai, dit Finn en hochant la tête. C'est une maligne, celle-là.

Karen lui sourit radieusement.

— Je reste en tant que responsable médicale, dit Julia fièrement.

— J'adore pouvoir travailler avec toi, répondit Karen, souriant à la jeune femme qui était arrivée dans leurs vies durant l'année écoulée, qui avait été bien chargée. Zach, as-tu décidé si tu allais bientôt te lancer dans ton idée de brasserie ?

— Je fais encore des recherches, admit-il avant de faire un

geste du menton vers son meilleur ami. Finn et moi voulons nous assurer que le ranch de Red Boot soit rentable avant que je ne prenne d'autres responsabilités.

Tout le groupe fêta ensuite la Nouvelle Année, laissant s'élever les cris vers le ciel alors que l'horloge sonnait minuit. Chacun se tourna vers son partenaire, échangeant un baiser pour se porter chance, et alors que Josiah l'attirait près de lui, Lisa appréciait vraiment sa chance.

Ses lèvres contre les siennes étaient chaudes et pourtant exigeantes. Elle ne pouvait pas être distraite quand il voulait toute son attention. Sauf...

Un jappement excité résonna près de leurs chevilles, et les lèvres de Josiah s'incurvèrent en un sourire avant même qu'il n'ait terminé de l'embrasser.

Leurs fronts se touchèrent brièvement.

— Quelqu'un d'autre veut te souhaiter une bonne année.

Lisa se baissa et attrapa Ollie, serrant le chiot entre Josiah et elle.

— Oui, tu dois faire partie de la fête aussi, dit-elle sérieusement au petit terrier. Bonne année, Ollie.

Lisa déposa un baiser sur la tête de la chienne puis leva les yeux pour croiser ceux de Josiah.

— Ne laisse pas tes sœurs te voir faire ça, la prévint-il en chuchotant.

— Trop tard, chuchota Julia en passant, tirant Zach derrière elle.

Tout le monde s'en alla peu après, chacun retournant dans son propre foyer. Tamara s'occupait comme mère à plein temps de son bébé de neuf mois et du reste de la famille qu'elle avait avec Caleb. Karen avait rejoint la grande maison que Finn et elle rénovaient tout en rendant le ranch opérationnel. Julia et Zach furent les derniers à partir, discutant d'idées pour construire leur propre logement tout en gérant leurs tâches au ranch de Red Boot.

Lisa et Josiah rangèrent un peu avant de laisser le reste pour le lendemain matin.

— Que penses-tu de commencer la nouvelle année comme il faut ?

Josiah avait posé la question d'une voix devenue profonde alors qu'il faisait avancer Lisa prudemment dans le couloir en direction de leur chambre, pour éviter de donner un coup de pied à Ollie, qui restait dans leurs pattes.

— C'est une merveilleuse idée, répondit Lisa avec grand enthousiasme.

Elle passa les bras autour de son cou et lui sourit pudiquement.

— C'est très important de dormir au moins huit heures, alors nous devrions probablement nous coucher tout de suite et dormir immédiatement.

Josiah attira son corps contre lui et fit comprendre exactement quel genre d'activité il avait à l'esprit.

— Taquine.

— Jamais, répondit Lisa doucement. Je t'aime. L'année dernière, cette année et à chaque instant dans le futur.

Ollie fut envoyée dans son panier posé dans le coin avec l'ordre ferme de ne pas bouger. Le programme après ça s'effaça avec l'affection. La nuit avait été aussi proche de la perfection que possible du début à la fin.

Seulement, lorsque Lisa se réveilla, alors que le soleil brillait sur le lit et transformait la première journée de l'année en étincelant spectacle, le problème qui chatouillait l'arrière de son cerveau surgit, clair comme du cristal.

Tout le monde dans sa famille avait fixé des objectifs pour l'année à venir. Tout le monde avait un travail à faire. Tout le monde.

Sauf elle.

2

———

1ᵉʳ février

Josiah traversait l'écurie d'un pas vif pour retourner à la maison avec Ollie qui dansait sur ses talons.

— Tu n'as pas dévoilé la surprise à Lisa, hein ? Bien sûr que non. Tu sais comment garder un secret. Tu es une bonne fille.

Il s'arrêta avant d'ouvrir la porte, s'agenouilla et sortit une friandise pour le terrier. Il la gratta derrière les oreilles alors qu'elle l'engloutissait délicatement.

L'année filait. Entre la gestion de quelques désastres chronophages à la clinique vétérinaire et ce qu'impliquait d'entretenir les relations avec ce qui était désormais une très grande famille, on était déjà au début du mois de février.

Le travail avait été atrocement chargé. Josiah était vraiment heureux d'avoir engagé Yvette, la nouvelle vétérinaire, juste avant les fêtes. Avoir une autre paire de bras compétents qui connaissait la clinique et avait déjà rencontré nombre de leurs clients avait été vital pour garder le cap, d'autant plus que

69

Sharon, sa secrétaire de longue date, avait eu besoin d'un congé ces deux dernières semaines.

Avoir Lisa dans sa vie avait été la douce cerise sur ce vaste chaos. Se réveiller chaque matin avec elle lui donnait l'impression d'avoir gagné le loto. Et puisqu'elle remplaçait Sharon à l'accueil, il avait pu la voir et lui parler encore plus que d'habitude chaque jour.

Ce qui n'était pas si merveilleux, c'était que quelque chose n'allait pas. Il l'avait remarqué en particulier pendant les derniers jours. Entrer dans la maison et découvrir Lisa les yeux dans le vague, même si elle se reprenait toujours rapidement quand elle remarquait qu'il était là.

Il ne craignait pas que ce soit entre eux que quelque chose n'aille pas. Lisa Coleman l'aimait avec chaque atome de son corps, et il le savait maintenant jusqu'aux extrémités de ses orteils . Elle l'avait choisi pour l'éternité. Là-dessus, il n'avait aucun doute.

Seulement, il arrivait, quand il roulait sur les routes gravillonnées, sans rien d'autre que des champs enneigés qui les entouraient, qu'il se demande si l'idée de voyager dans des lieux plus chauds ne manquait pas à Lisa. Voir autre chose que des familières maisons de ranch et des kilomètres de piquets de clôture qui couraient jusqu'à l'horizon.

Il ne pouvait rien faire pour l'instant, ils étaient coincés dans Heart Falls enneigée sans aucune chance d'aller explorer un peu, mais il pouvait chercher à rendre le séjour à la maison plus excitant.

Heureusement, Lisa avait accepté d'aller chercher quelques courses sans même ciller, lui donnant l'occasion de rentrer pour préparer sa surprise.

Josiah avait tout prévu, mais au dernier moment, au lieu de monter l'escalier en spirale vers la salle en haut du silo, il décida d'organiser la soirée dans leur chambre. C'était un peu plus près de la douche au cas où les réjouissances deviendraient salissantes.

Il était tellement stupide que la pensée de se salir avec elle ne fit que le faire sourire davantage.

Quand la porte d'entrée s'ouvrit et qu'Ollie se précipita vers Lisa pour la saluer d'un rapide aboiement pour et autant de câlins qu'elle le pouvait, Josiah était tranquillement assis dans le fauteuil inclinable du salon, faisant semblant de feuilleter le dernier *Veterinarian Report*.

Lisa attira son attention.

— Hé. Tu es arrivé avant moi.

— Oui.

Il se leva et alla la soulager des sacs de courses qu'elle avait dans les mains.

— Il y en a d'autres dehors ? demanda-t-il.

— Non, c'est tout. Est-ce que nous faisons une fondue au fromage ce soir ? demanda-t-elle avec empressement. Non pas que nous y soyons obligés, mais j'ai remarqué que tu avais mis sur la liste beaucoup d'ingrédients qui vont dedans, je dis ça comme ça.

Josiah resta là, les sacs de courses pendant de ses mains alors qu'il se penchait pour poser ses lèvres sur les siennes, lui répondant juste avant qu'elles ne s'unissent.

— Nous allons faire toutes sortes de choses ce soir.

Le baiser fut tendre et parfait. Le goût de Lisa apaisa toutes les inquiétudes qu'il avait. Quand ils reculèrent, il lui lança un clin d'œil.

— Laisse-moi ranger ça. Va enfiler quelque chose de...

À la porte d'entrée, Ollie bondissait sur place en aboyant bruyamment avec enthousiasme, tout en regardant par la fenêtre latérale qui donnait sur la cour.

— Ollie. Chut ! la réprimanda Lisa, en s'avançant vers la

porte pour voir ce qui avait provoqué la chienne. Nom d'un *chien*.

Ce n'était pas bon. Josiah posa les sacs de courses sur le sol et rejoignit Lisa, se pressa contre son dos tout en regardant par-dessus son épaule.

— Qui es-tu aussi déçue de voir ?

Sous le porche devant la porte, le visiteur n'avait vraiment rien à voir avec un de leurs amis ni un des membres de leur famille. À la place, un énorme oiseau avec une tête vaguement rectangulaire et un bec triangulaire donnait des coups sur la vitre au niveau de leurs yeux.

— Est-ce que c'est une autruche ? demanda Lisa.

— Je pense plutôt à un émeu. Pour l'instant, ce qui m'inquiète le plus, c'est *comment* plutôt que *quoi*, admit Josiah.

— Est-ce dangereux ?

— Ils sont méchants, effectivement. Mais il est probablement plus en danger de geler.

Josiah baissa les yeux vers Ollie, sur le point de le faire tomber en bondissant pour poser les pattes sur la vitre en verre de sécurité, aboyant toujours fort et à un rythme déchaîné.

— Ollie. Tais-toi !

Lisa se baissa pour prendre le terrier dans ses bras, et jura doucement lorsque Ollie se tortilla pour essayer de se libérer et de retourner garder un œil sur la porte d'entrée.

— Arrête ou je vais te faire tomber, continua-t-elle.

— Je vais l'enfermer dans la salle de bains pour l'instant, suggéra Josiah en prenant la chienne qui se tortillait dans les bras de Lisa. Elle essaie de nous défendre contre l'invasion étrangère.

Lisa regarda encore par la fenêtre.

— Des émeus à Heart Falls. Waouh.

— Pourquoi tu ne rangerais pas les courses avant de me

retrouver ici, et nous verrons ce que nous pouvons faire pour maîtriser notre visiteur ?

Ce n'était pas exactement le début de soirée qu'il avait espéré, surtout avec Ollie qui continuait comme si la seule chose qui maintenait ses personnes préférées en vie était ses continus aboiements frénétiques.

Finalement, Lisa et lui enfilèrent leurs manteaux et sortirent, œuvrant prudemment pour emmener l'émeu dans un coin sûr de l'écurie.

— À l'évidence quelqu'un dans les parages a des animaux de compagnie exotiques.

Lisa regarda dans l'enclos où Josiah avait placé le grand animal.

— C'est mieux qu'un puma, je suppose... mon cousin à Rocky a dû gérer cette situation, une fois. C'était terrible.

— Les animaux sauvages en tant qu'animaux de compagnie, c'est une des choses que j'aime le moins, acquiesça Josiah. Les pumas, c'est sérieux. Mais le gars qui avait tout un groupe de suricates, c'était tout aussi compliqué que dangereux.

— Tu déconnes, hoqueta-t-elle.

Josiah passa un bras autour de Lisa et la ramena vers la maison.

— Laisse-moi écrire un rapide post sur le groupe vétérinaire du coin pour diffuser l'information au sujet de notre invité. Pendant ce temps, si tu enfilais ce quelque chose de confortable que j'ai mentionné ?

Elle lui jeta un regard par en dessous.

— Eh bien, monsieur Ryder. Vous semblez avoir quelque chose de vilain à l'esprit.

— Absolument. J'ai mis sur le lit ce que je veux que tu portes.

Ses pupilles se dilatèrent alors qu'elle se pressait contre lui et remontait les doigts sur le devant de sa chemise.

— Est-ce joli ? Est-ce doux ? Et si ça ne me plaît pas ? Peut-être que je mettrai ce que je veux.

Oh, vraiment ? Quelqu'un se sentait malicieuse. Josiah passa une main sur sa nuque.

— J'ai changé d'avis. Tu restes ici.

Lisa eut un petit rire joyeux, le regard brillant de désir.

Josiah avait hâte. Il n'avait jamais eu de mal à garder son sang-froid jusqu'ici, mais peu importe que les plans qu'il concoctait soient élaborés ou non, il semblait qu'un contact apparemment innocent des lèvres de Lisa contre les siennes était tout ce qu'il fallait pour qu'il le perde. Il avait envie de tout laisser tomber sauf s'enrouler autour d'elle pour des ébats intimes.

Il glissa les doigts dans ses cheveux, tira juste assez pour lui pencher la tête en arrière et lui ravager la bouche. Seulement, était-ce ravager quand elle était tout aussi enthousiaste que lui ? Lisa le mordit et le mordilla, attrapa le tissu de sa chemise et la sortit brusquement de son jean.

Bon sang. Il avait tant d'idées, mais quatre-vingt-dix pour cent d'entre elles disparaissaient lorsque la saveur de Lisa l'envahissait. Des hoquets et des gémissements d'excitation s'échappaient des lèvres de celle-ci alors qu'il lui retirait son T-shirt et passait les dents contre son cou. Il défit son soutien-gorge, prit ses seins dans ses mains, se pencha et en aspira énergiquement les extrémités.

— *Oui*, souffla Lisa avant de geindre.

Elle s'agrippa à ses épaules, y enfonçant les ongles. Lorsqu'elle leva une jambe et plaça un genou sur une de ses hanches, ils se retrouvèrent dans la position parfaite, et Josiah fit aller et venir son érection contre la douce intimité de Lisa.

— C'est tellement bon, ajouta-t-elle.

Il avait mis de la musique en route avant qu'elle ne rentre, et la mélodie devint un rythme langoureux qui palpitait en accord avec son cœur.

— Bon sang, Lisa.

Elle savait exactement de quoi il se plaignait, parce que ce n'était pas la première fois qu'un de leurs scénarios coquins déraillait et accélérait plus vite que prévu.

— J'ai envie de toi maintenant.

Josiah grogna. Les mains de Lisa étaient glissées entre eux, défaisaient sa boucle de ceinture et s'attaquaient précipitamment au bouton de son jean. Il n'avait aucune intention de l'arrêter. Il voulait encore s'offrir à elle. Complètement.

— *Lisa...*

Elle se retourna dans ses bras et fit descendre son propre jean. Un instant plus tard, son postérieur nu se pressait contre lui, piégeant son sexe en érection contre sa peau échauffée.

— Baise-moi.

Bon sang. Les projets qu'il avait faits pouvaient attendre. Sa main glissa sur le ventre de Lisa, s'empara de son pubis et l'attira à lui, la retenant lorsqu'il inclina les hanches jusqu'à ce que son membre glisse entre ses cuisses.

— Tu es un petit peu insolente ce soir. Ça me plaît. Seulement, tu n'étais pas très spécifique.

Les cuisses de Lisa s'étaient refermées étroitement autour de son membre, et se balancer d'avant en arrière contre sa peau échauffée suffisait à prolonger l'excitation de Josiah. Cela lui donna le temps d'enduire ses doigts entre ses replis et de commencer à taquiner l'accès à son sexe.

Au cours des derniers mois, ils avaient expérimenté beaucoup de choses, et avaient découvert ce qui les excitait vraiment mutuellement. Josiah pouvait la faire jouir violemment et vite en jouant avec son intimité s'il s'y prenait correctement.

Elle frémit et tendit une main en arrière pour lui attraper la hanche.

— Josiah. Je veux ta queue.

— D'abord ça.

Il glissa les doigts dans son intimité, le pouce posé sur son clitoris. Il bougeait lentement, la taquinant par de minuscules impulsions, frottant les doigts contre le point sensible juste à l'intérieur de ses replis.

La tête de Lisa retomba contre l'épaule de Josiah, et ses jambes frémirent.

— Oui. Oh, *ouiiiii*.

La chaleur les engloutit. Josiah pressa son autre main entre ses seins, le haut de leurs corps en contact. Il portait encore sa chemise dont les pans pendaient entre eux. Tous deux avaient encore leurs jeans au niveau des chevilles.

— J'y suis presque, le prévint-elle.

Un hurlement résonna de la salle de bains. C'était Ollie, qui se plaignait d'avoir été si cruellement abandonnée.

Josiah ferma les yeux et se concentra, s'empara d'un des seins de Lisa et pinça le mamelon dans l'espoir de lui donner ce dont elle avait besoin pour franchir la dernière...

Elle gémit, hoqueta, prononça son prénom, la voix tremblante alors que ses hanches palpitaient contre ses doigts. Avant qu'il n'ait terminé de l'aider à apaiser les frissons, elle pivota de nouveau et s'appuya contre le mur. Les mains écartées de chaque côté de ses propres hanches pour garder l'équilibre, elle regarda fixement le membre rigide de Josiah.

— Termine.

Il était à quelques secondes de le faire. Quand il aurait trouvé un préservatif, ce moment serait passé, alors Josiah enroula les doigts autour de son membre et fit des va-et-vient. Il croisa le regard de Lisa puis laissa ses yeux descendre lentement sur ses seins, qui affichaient les marques de ses mains et de son début de barbe.

— Tu es tellement sexy, dit Lisa en déplaçant des doigts coquins sur son propre ventre pour retourner caresser son clitoris.

— Montre-moi, ordonna Josiah.

Elle écarta ses lèvres et le laissa voir son clitoris qui dépassait de sa peau humide et brillante, rouge et gonflée après son orgasme. Ses longs doigts étaient humidifiés alors qu'elle se caressait.

— Putain.

Josiah jouit à longues giclées qui couvrirent la distance entre eux. Son sperme atterrit en traînées blanches sur le ventre de Lisa, sur les poils bouclés de son pubis et sur ses doigts. Josiah avait la tête qui tournait, mais lorsque Lisa plongea de nouveau les doigts en elle avant de les ressortir, il grogna son prénom. Les dernières traces de plaisir se répandirent de son corps.

Josiah faillit tomber à genoux, il n'arrivait plus à tenir debout. Il posa les mains sur la peau de Lisa et frotta de manière taquine le liquide partout sur elle.

— Tu es à moi, gronda-t-il.

Le ventre de Lisa trembla sous ses doigts alors qu'elle se mettait à rire.

— C'était génial.

Il leva les yeux et l'amour dans le regard de Lisa brillait de mille feux.

— Merci de m'avoir laissé te ravager dans l'entrée. Ce n'était pas le plan pour la soirée. Juste pour info.

Elle plaça les doigts sous son menton et croisa son regard sans détour.

— C'est bien. Ça veut dire que nous avons encore autre chose à attendre avec impatience ce soir.

— Je t'aime.

Ne pas prononcer ces mots aurait été comme ne pas respirer.

Le sourire de Lisa s'illumina.

— Je t'aime aussi.

Ollie hurla pour se plaindre.

— Et elle aussi nous aime, seulement, elle aimerait être à côté de nous pour nous le dire en personne, interpréta Josiah pour Lisa.

— Eh bien, naturellement.

Lisa retira les pieds de son jean et de sa petite culotte, attendant qu'il fasse de même, et elle empila tous ses vêtements dans les bras de Josiah.

— Tiens. Je vais aller sauver Ollie. Une fois qu'elle sera installée dans son panier, je te rejoindrai dans la douche.

C'était une idée fantastique.

Ce fut une soirée fantastique.

LE LENDEMAIN MATIN, Lisa souriait toujours. Sa fondue et le salon de massage qu'il avait préparé dans leur chambre l'avaient immensément satisfaite.

Elle remplit la tasse de café de Josiah avant de se réinstaller sur la chaise près de lui.

— Est-ce que tu as eu des pistes sur notre visiteur exotique ?

— Rien encore sur le forum, mais il est suffisamment tôt pour que tout le monde ne l'ait pas encore consulté. Nous ferons d'autres recherches lundi une fois que nous serons au bureau si je n'ai pas de nouvelles avant, répondit-il avant de lui lancer un coup d'œil. Tu remplaces encore Sharon cette semaine, non ?

— Elle a envoyé un e-mail disant qu'elle sera prête à retourner au travail lundi *prochain.* Ce qui veut dire que oui, si vous voulez profiter de frasques dans votre bureau, Dr Ryder, ce sera votre dernière chance cette semaine.

Lisa haussa les sourcils.

— Ça a été agréable de travailler avec toi, dit Josiah honnêtement. Je sais que des boulots de bureau ne sont pas vraiment ton truc. Merci de m'avoir aidé.

Lisa plissa le nez un instant, alors même qu'elle hochait la tête.

— Pas de problème.

Voilà. Tout, depuis le son de sa voix en passant jusqu'à son changement de posture disait qu'il y avait un problème. Josiah se rapprocha.

— Lisa ? Trésor, qu'est-ce qui ne va pas ?

Elle cilla.

— Rien.

C'était aussi clairement la vérité. Ce qui voulait dire que Josiah était désormais totalement perplexe.

Ollie s'approcha et posa le menton sur son genou. Il baissa les yeux sur la chienne.

— J'ai des difficultés à cerner cette patiente, dit-il comme s'il consultait Ollie. J'ai la sensation qu'elle-même ne sait peut-être pas ce qui ne va pas.

Lisa émit un rire moqueur, et il leva le regard juste à temps pour la surprendre à terminer de rouler sérieusement des yeux.

— Oh arrête. Je ne suis pas un de tes animaux de ferme à l'oreille desquels tu murmures.

— Ce serait plus facile si c'était le cas, feignit de se plaindre Josiah. Bébé, on dirait que quelque chose te trotte dans la tête.

Ce qui est très bien, et je n'exige pas que tu me parles si tu n'es pas prête, mais quand tu le seras, *si* tu l'es, je serai là.

Lisa pencha la tête sur le côté et lui sourit avec une expression complètement différente. Une adoration totale.

Elle ressemblait énormément à l'expression qu'Ollie affichait souvent, même si Josiah ne comptait pas le dire à Lisa.

Elle hocha lentement la tête comme si elle réfléchissait.

— C'est plus une révélation étrange qu'un problème.

Josiah se redressa sur sa chaise et lui fit signe de continuer.

— Les révélations peuvent être bonnes.

— C'est vrai.

— Et qu'as-tu découvert ? l'encouragea Josiah.

— Dans une semaine, je serai au chômage, dit Lisa. Et y penser m'a rappelé qu'en gros je n'ai jamais eu de travail de toute ma vie.

3

———————

L'expression sur le visage de Josiah fit rire Lisa.

Il fronça les sourcils, très fort, comme s'il essayait de comprendre ce qu'elle venait de lui balancer.

— Ce n'est pas vrai.

— Au contraire, insista-t-elle. Je ne vais pas être ridicule. Je ne prétends pas n'avoir jamais *travaillé*. Mais à la vérité, si je commence à réfléchir à tout ce que j'ai fait au cours des années, tout s'est en quelque sorte produit de soi-même. Je n'ai jamais passé d'entretien d'embauche. Je n'ai jamais déposé de candidature pour un travail. Je n'ai jamais eu de *profession*.

— Tu es une cow-girl, dit Josiah instantanément, ce qui était vraiment mignon, mais n'était pas ce qu'elle essayait de dire.

— J'ai conduit un tracteur et j'ai labouré des champs. J'ai aussi aidé à ferrer des chevaux, à vacciner des porcelets, et à mettre au monde bien trop de veaux. Combien de ces tâches as-tu faites ?

Elle se carra sur son siège et croisa les bras sur sa poitrine.

— Toutes, je parie, continua-t-elle. Parce que tu es le

81

Dr Ryder. Vétérinaire, qui a postulé et est allé à l'université pour obtenir ce poste.

Josiah plissa les yeux.

— Je t'écoute, mais je ne saisis pas l'idée générale de ce que tu dis.

Lisa agita une main en l'air.

— C'est probablement pour ça que je ne l'ai pas abordé. Je ne suis même pas sûre de *ce dont* je me plains. Ni si *c'est* une plainte.

Elle s'efforça d'exprimer ce qui se passait à son for intérieur.

— Tu sais, quand on se retrouve avec un groupe de personnes pour la première fois ? Tout le monde s'exprime et se présente.

Cette fois, il hocha fermement la tête.

Elle lui lança un doux sourire.

— On dit son nom, d'où on vient et ce qu'on fait.

— Oh.

Josiah fronça les sourcils. Son expression se renfrogna, inquiète.

— Tu n'as pas besoin de faire un remplacement à la clinique si tu n'en as pas envie.

— Oh, ce n'est pas du tout à propos de ça, lui assura Lisa.

Elle abandonna sa tasse sur la table, se rapprocha de Josiah pour lui voler sa tasse de café, puis elle prit possession de ses cuisses en s'asseyant dessus. Elle le serra fort et s'agrippa à lui tandis qu'il passait les bras autour d'elle.

Il était son roc. C'était là qu'elle était censée être.

Elle ne savait même pas d'où était venue cette sensation incertaine, ni ses pensées confuses.

Elle tourna la tête et pressa les lèvres contre sa joue.

— Rien ne va pas, répéta-t-elle avant de se redresser pour prendre la joue de Josiah dans sa main. Considère que c'est un défi mental que je démêle. Je *sais* que je suis appréciée. Je suis très heureuse d'avoir pu prendre des responsabilisés et aider à la clinique quand Sharon a eu besoin de s'occuper de sa mère malade. J'ai beaucoup aimé aider Tamara quand elle était enceinte... m'occuper de la famille et passer du temps avec Sasha et Emma m'a donné l'occasion de créer des souvenirs incroyables. Je n'aurais abandonné ça pour rien au monde.

Josiah continua d'avoir l'air pensif.

— Mais tu as raison. Tu l'as aidée, puis Sonora avec le refuge pour animaux. Puis tu as emménagé avec moi, et depuis tu...

Lisa pouvait pratiquement voir les engrenages tourner dans le cerveau de Josiah avant qu'il n'écarquille les yeux.

— Tu es allée d'un endroit à l'autre, d'une sœur ou une amie à une autre, aidant tout le monde en chemin sans jamais demander de paiement ou de récompense. Tu es incroyable.

Un rire échappa à Lisa.

— Je t'aime. Je ne cherchais pas à me faire complimenter, et je suis sérieuse. Même si c'est affreusement agréable.

— Je n'arrive pas à croire que je ne l'avais jamais remarqué.

Josiah plaça les doigts sous le menton de Lisa et leva son visage vers lui.

— Je suppose que je suis coupable de ne pas t'avoir encouragée à trouver un boulot de neuf heures à dix-sept heures. J'aime t'avoir près de moi autant que possible. J'aime pouvoir prendre soin de toi.

— Le fait que tu as suffisamment d'argent avec ton fonds de placement a fait une différence, admit Lisa.

Ne pas avoir à s'inquiéter de payer les factures était une liberté formidable, et Lisa savait à quel point elle était privilégiée. Voilà pourquoi avoir un cerveau qui rechignait était plus qu'agaçant.

— Comme je l'ai déjà dit, ce n'est rien de grave, mais c'est une idée que j'ai à l'esprit depuis le début de l'année. J'ai besoin de trouver ce que je veux exactement comme emploi, qui me donnera l'impression d'avoir accompli...

Elle marqua une pause. Bon sang... elle n'allait pas se faire mousser, mais au cours des années elle avait régulièrement accompli bien des choses.

Lisa secoua la tête, mais lui lança un clin d'œil.

— Et ce n'est même pas le vrai problème, alors il faudrait probablement que je me taise et que je réfléchisse encore un peu.

Josiah l'embrassa, doucement et tendrement.

— Si tu as besoin de quelqu'un avec qui échanger des idées, je suis là. Et si tu veux simplement que quelqu'un te dise que tu es géniale, je suis aussi complètement partant pour ça.

— Tu es un homme charmant, chuchota-t-elle.

Elle allait lui rendre son baiser lorsque Ollie démarra comme un système d'alarme. Le petit animal mal élevé faisait des allers-retours en courant entre Lisa et Josiah et la porte d'entrée, jappant bruyamment.

— Ollie ! dirent-ils tous deux sévèrement.

Lisa se leva et se dirigea vers la porte.

— D'autres émeus ?

Elle contourna prudemment Ollie, qui perdait la boule d'excitation.

Josiah eut un aperçu par la fenêtre de devant en premier.

— Oh, bon sang. Reste éloignée de la porte, ordonna-t-il.

Il se dépêcha d'aller dans le couloir menant à son bureau, lançant par-dessus son épaule :

— C'est un caribou. N'ouvre pas la porte avant que je n'aie pris le fusil.

Elle le regarda bouche bée avant de ramener son attention sur l'animal massif qui se dirigeait droit vers les marches de devant.

— Tu vas lui *tirer dessus* ? Qu'est-ce qu'un caribou peut bien faire dans notre cour ? D'où viennent ces animaux ?

Encore une fois, Lisa se déplaça pour contenir la furie aboyante qu'était devenu leur animal de compagnie. Cette fois, elle s'assit et lui enfila son harnais pour avoir quelque chose de concret à agripper quand la chienne essaierait de s'échapper.

La petite chienne n'essayait pas de blesser qui que ce soit, mais elle était vraiment perturbée, aboyant toujours désespérément.

Josiah était revenu, fusil à la main.

— Je ne prévois pas de lui tirer dessus à moins d'y être obligé, dit-il à Lisa. Mais c'est une femelle caribou, et avec la ramure qu'elle porte, il n'y a aucun moyen d'être sûr qu'elle ne blessera personne si elle décide d'attaquer.

Lisa attrapa l'arme fermement quand il la lui tendit, attendant qu'il enfile son épais manteau hivernal.

— Les femelles ont des bois ? Je ne savais pas ça.

— Les mâles aussi, mais eux les perdent en automne après la fin de la saison des amours. Les femelles les gardent pour se battre pour trouver de la nourriture et s'assurer que leurs petits grandissent assez pour survivre après leur naissance au printemps.

— Cool, dit Lisa. Elles sont comme les Amazones du royaume ongulé.

Comme elle l'espérait, son vétérinaire éclata de rire.

— Quelque chose comme ça. Tiens bien Ollie, veux-tu ?

Elle serra le bras de Josiah de sa main libre alors qu'il lui prenait l'arme.

— Sois prudent, valeureux chevalier.

Il lui lança un grand sourire signifiant qu'il n'était pas peu fier qu'elle l'ait appelé comme ça, même en passant.

Ollie ne se calma que lorsque Lisa l'emmena dans la chambre à l'arrière, la laissant en sécurité derrière la porte pour enfiler son propre manteau et sortir prudemment pour voir ce qui se passait.

Josiah revenait déjà vers la maison.

Il lui fit signe d'approcher.

— Il y en a toute une harde. J'ai convaincu notre visiteuse de retourner vers sa famille. Dès qu'elle l'a rejointe, la harde est partie à toute vitesse vers le sud, sur les terres publiques.

Lisa regarda dans la direction que Josiah indiquait.

— Nous n'avons habituellement pas de caribou dans cette partie du monde, si ?

Il secoua la tête.

— Et je ne pense pas que c'est comme l'émeu. Impossible que quelqu'un garde toute une harde de caribous comme animaux de compagnie.

— Eh bien, quelqu'un doit savoir d'où ils viennent.

— Nous les retrouverons un jour, dit-il en lui attrapant la main. Maintenant qu'il n'y a plus de risque, vous voulez venir vous promener avec moi, mademoiselle Coleman ?

— J'aimerais beaucoup, monsieur Ryder.

Lisa se pelotonna contre lui et passa un bras sous son coude.

— J'adore les matins comme ça, continua-t-elle. Mordants et glacials. Chaque inspiration me donne l'impression de m'être injecté directement une boisson énergétique dans les veines.

Josiah lança un coup d'œil autour de lui.

— Où est Ollie ?

— Je l'ai enfermée, avoua Lisa. Je pensais que ce n'était pas prudent de la laisser se précipiter pour nous défendre alors qu'il y a des animaux qui se promènent avec de quoi défoncer une porte sur la tête.

— Bonne idée. Je vais ranger le fusil et la ramener. Nous pouvons aller faire une longue promenade. Ça lui plaira aussi.

Une heure plus tard, Lisa avait écarté toutes les

contrariétés qui la turlupinaient. Quelle importance si elle n'avait jamais eu un boulot officiel ? Elle avait un mec incroyable, et un animal de compagnie qui l'adorait.

Ou peut-être que c'était le gars qui l'adorait, pensa-t-elle avec un petit rire, levant les yeux et découvrant que Josiah la regardait encore une fois fixement.

— Si tu continues à me regarder comme ça, cette promenade va dérailler très vite, le prévint-elle.

— Tu dis ça comme si c'était mal, murmura Josiah.

Avoir une journée de repos voulait dire non seulement profiter de leur promenade hivernale et tranquille, mais aussi une occasion de faire quelques autres choses que Lisa souhaitait. Après le déjeuner avec Josiah, elle alla chez Karen pour prendre la boîte de photos que les filles de Whiskey Creek avaient promis d'examiner. Ensemble, elles devaient trouver du matériel et écrire des histoires pour un projet commun du clan Coleman.

C'était une trouvaille des cousins de Rocky Mountain House. Lisa aidait avec plaisir, mais c'était assez agréable que, pour la toute première fois, elle ne tente pas de travailler dans l'ombre pour coordonner ce qui se passait.

Ce qui impliquait qu'elle avait du temps pour explorer une de ses idées. En utilisant une partie des souvenirs partagés entre tous les cousins, Lisa assemblait un petit album pour Julia. C'était une occasion pour que leur plus jeune sœur en apprenne plus sur l'endroit d'où elle venait.

Lisa se moqua d'elle-même. Même quand elle restait en dehors de la coordination principale, elle organisait quand même quelque chose. Il était difficile de chasser le naturel.

Elle frappa à la porte puis entra.

— Karen ?

Pas de réponse. Elle consulta son téléphone et trouva un message.

Karen : Désolée. J'ai dû filer chez Tamara pour aller chercher quelque chose. Mets-toi à l'aise. Je reviens tout de suite.

Lisa ne se donna pas la peine de répondre. Elle prit sa sœur au mot et, après avoir fouillé dans le réfrigérateur pour prendre un thé glacé, elle s'installa sur le canapé à côté de la table basse, où la moitié du contenu d'un carton était déjà étalée.

Ollie bondit près d'elle, suivi immédiatement par le doux chaton blanc du nom de Dandelion Fluff[i]. Dandy et Ollie se touchèrent la truffe avant que le chaton ne se dirige fermement sur les genoux de Lisa. Il s'étira un instant et son petit museau rose remua.

Lisa passa deux doigts sur l'arrière de sa tête.

— Eh bien, tu es bien câlin aujourd'hui.

Dandy se pelotonna directement sur son ventre, une petite boule de duvet. Un instant plus tard, Ollie s'était aussi installée, couchée sur les cuisses de Lisa pour poser le menton sur le dos du chat, et quand même entrouvrir un œil de temps à autre pour s'assurer que son humaine ne filait pas.

Lisa rit en découvrant qu'elle était piégée. La table basse n'était qu'à trente centimètres, mais il lui était impossible d'attraper quoi que ce soit dessus sans déranger les animaux se prélassant sur ses genoux.

— Eh bien, je suppose que c'est une manière de faire en sorte que je me repose.

Lisa posa la tête sur le canapé et inspira profondément. Le silence paisible du foyer de Karen l'entourait, avec pour seul bruit de fond le tic-tac d'une horloge comtoise.

Étonnamment, elle avait dû s'endormir, parce que l'instant d'après, Ollie était repartie pour un tour. Pour une petite chienne bien éduquée, cet animal avait soudain décidé d'exercer ses cordes vocales bien plus que Lisa ne le trouvait approprié.

Les aboiements d'Ollie démarrèrent dans l'oreille de Dandy. Le chat sauta et un miaulement agacé lui échappa. Il atterrit sur le sol, filant sur le côté de la pièce alors qu'Ollie bondissait elle aussi du canapé, allant droit à la porte d'entrée, où se tenait Karen.

— Ollie ! Tais-toi, ordonna Lisa en tentant de se réveiller.

Karen regardait de travers la chienne qui aboyait comme si elle venait de découvrir une pile d'excréments au lieu d'un chiot à ses pieds.

— De temps en temps, je me souviens pourquoi je n'aime habituellement pas les animaux dans la maison.

— Oh, arrête, dit Lisa en riant tout en traversant rapidement la pièce.

À l'instant où elle prit Ollie dans ses bras, la petite chienne mit fin à son agaçante nouvelle habitude.

— Je n'ai aucune idée de ce qui lui prend, continua-t-elle.

Dandy était perché au-dessus de la bibliothèque la plus proche, et il siffla de désapprobation devant tout ce bruit et cette agitation.

Karen rit.

— Eh bien, il semble que le règne animal soit perturbé. Viens, nous allons prendre des friandises et les convaincre de nous aimer à nouveau.

Les animaux se calmèrent, et Lisa profita de son moment avec sa sœur. La détente s'attarda sur tout le chemin du retour, ou en tout cas jusqu'à ce qu'elle entrouvre la porte et qu'Ollie se précipite à l'intérieur pour recommencer immédiatement à aboyer.

— Animal. *Arrête.*

Lisa la suivit et découvrit Josiah en équilibre sur une jambe, en train d'utiliser le tire-bottes.

— Hé, continua-t-elle. Tu viens de rentrer ?

Il hocha la tête, claqua des doigts en direction d'Ollie et indiqua le sol.

— Assis.

Ollie s'assit instantanément, mais elle continua à japper vers lui.

Josiah grogna d'agacement.

— Bon sang. J'étais avec l'émeu. Elle le sent probablement sur moi.

— Va prendre une douche, suggéra Lisa, en tenant Ollie jusqu'à ce que Josiah se retrouve en chaussettes.

— Viens me rejoindre.

Les yeux bleus de Josiah étincelaient.

Cela semblait être une idée fantastique à toutes sortes de niveaux. Lisa lui lança un grand sourire.

— Donne-moi cinq minutes. Ollie n'est pas invitée à cette fête.

— Pauvre petite.

— Ce sont les conséquences, dit Lisa d'un ton pince-sans-rire.

— Ouais. Et il y a une récompense quand on se comporte bien, dit-il, son sourire redoublant. Je vais aller faire couler l'eau chaude. Ne sois pas trop longue.

4

———

*J*osiah entra dans le bureau vétérinaire, ravi d'offrir une élucidation à un de leurs mystères récents.

— Tu sais, nous avons de la chance de n'avoir eu que des émeus et des caribous dans la cour.

Avant que Lisa ne puisse lever les yeux de son bureau, Ollie sortit précipitamment de derrière le meuble, montrant les dents, le poil hérissé. Elle n'aboyait pas, mais elle n'était vraiment pas contente de le voir.

Le comportement inhabituel de leur animal devenait plus net et inquiétant.

— Il y a quelque chose de pire ?

Lisa se leva, le ramenant à ce qu'il était venu révéler.

— Un tas de clôtures est tombé à la ferme de conservation que le zoo de Calgary dirige près de De Winton. Il y a eu une évasion massive la semaine dernière, qui comprenait des émeus et des caribous. Mais nous n'avons pas eu de grues blanches.

— C'est trop drôle. Je suis contente que nous puissions au moins en aider un à rentrer sain et sauf.

Lisa s'avança vers Josiah, les bras tendus pour l'étreindre.

91

Ollie s'interposa, baissa la tête et gronda.

Josiah s'arrêta net.

— Elle a été comme ça toute la matinée ?

Lisa soupira alors qu'elle attachait une laisse au collier d'Ollie et la ramenait derrière le bureau. Le petit animal écarta les pattes et se prépara comme si elle devait protéger cette partie du territoire.

— En quelque sorte. Elle a arrêté d'aboyer mais a commencé à grogner sur tous ceux qui s'approchent.

L'expression de Lisa devint plus inquiète.

— Mais ouais, ce n'est pas normal. Ce n'est pas son genre.

Josiah croisa le regard de Lisa sans détour.

— Laisse-moi l'examiner. Peut-être qu'elle a attrapé quelque chose. Tu as raison, ce n'est pas son genre, et s'il y a quoi que ce soit à faire pour l'empêcher d'être aussi contrariée, nous devons le faire.

Lisa accrocha la laisse au mur, ce qui maintenait Ollie attachée dans un rayon d'un mètre du bureau de la réception. Puis elle alla serrer Josiah dans ses bras.

— Le bureau est fermé pour le reste de la journée. Est-ce que tu veux que je t'aide pour son examen, ou est-ce que ça te dérange si je vais chez Tamara ?

Josiah posa le front contre le sien.

— Ce sera probablement plus facile si j'effectue l'examen tout seul. Qu'une seule personne la tripote évitera peut-être qu'Ollie soit si énervée. Tu veux que j'aille chercher quelque chose pour le dîner ? Comme tu as trimé dans mon bureau toute la journée...

Lisa plissa le nez, réfléchissant.

— Bien sûr. Mais prends ce que tu veux. Je n'ai pas vraiment faim.

Josiah l'embrassa, ignorant le grondement venant d'Ollie et

annonçant que quelque chose continuait à l'agacer terriblement.

Lisa attrapa son sac à main et sortit.

Josiah attendit que la porte soit soigneusement refermée derrière elle avant de s'approcher lentement d'Ollie.

— Hé, ma douce. Qu'est-ce qui t'arrive ? Tu ne te sens pas très bien ?

Il s'accroupit à quelques pas d'elle, examinant le petit terrier avec beaucoup plus d'inquiétude qu'il n'avait voulu en montrer à Lisa. Quand un animal changeait de personnalité aussi radicalement sans raison, habituellement c'était synonyme de problèmes.

Ollie pencha la tête sur le côté et examina Josiah. Faisant la belle, elle se leva, et commença à remuer sa petite queue. Lentement au début, puis assez fort pour que son corps entier en vibre.

Ça, c'était plus habituel.

Josiah tendit les doigts. Ollie les renifla puis les lécha. Elle vibrait si fort désormais qu'elle était sur le point de ne plus tenir debout.

— Bêta d'animal.

Josiah décrocha la laisse et la mena dans une salle d'examen. Il pouvait aussi bien lui faire un bilan complet pour découvrir si quelque chose n'allait pas.

C'était comme s'il avait deux chiennes. L'une, leur Ollie habituelle, douce et aimante. L'animal qui le laissait l'examiner – y compris prendre des échantillons de sang – sans même un aboiement de désapprobation.

L'autre ? C'était la minuscule terreur qui apparaissait à l'instant où ils passaient la porte de chez eux.

Ollie avait dormi sur le trajet du retour au ranch avec le menton sur la cuisse de Josiah. Maintenant, après cinq pas dans la maison, elle faisait volte-face et encore une fois lui montrait les dents.

— Tu as trouvé quelque chose ? demanda Lisa qui se tenait dans l'embrasure de la porte de la cuisine.

— J'ai mis des échantillons de sang pour les tester demain, mais apparemment, elle va parfaitement bien.

— Bon. Alors si elle continue, elle va devoir s'habituer à passer plus de temps à la niche.

Lisa n'en avait pas l'air ravie, mais elle haussa les épaules.

— Autrement connue sous le nom de *salle de bains des invités*. As-tu rapporté le dîner ?

Josiah leva un sac.

— Le puissant chasseur est de retour.

Mais alors qu'ils s'installaient pour manger et profiter du reste de leur soirée, Josiah ne cessait de réfléchir à ce qui se passait et espérait sérieusement que les résultats des examens leur indiqueraient quoi faire.

Ollie faisait partie de la famille, et si elle était perturbée, cela voulait dire que leur monde ne tournait pas rond.

LE DERNIER JOUR de Lisa à la clinique vétérinaire était terminé.

Elle détestait admettre qu'elle était contente. Peut-être que travailler à plein temps était une habitude que l'on pouvait. Elle n'arrivait pas à se souvenir que le travail l'ait jamais autant fatiguée, même quand elle courait dans tous les sens derrière ses nièces vingt-quatre heures sur vingt-quatre, sept jours sur sept.

Elle couvait vraiment quelque chose. Elle ne pensait pas avoir un rhume, et elle n'arrivait pas à mettre le doigt sur autre chose. Peut-être qu'elle gérait une attaque de fainéantise, parce que sortir du lit était la dernière chose qu'elle avait envie de faire.

Dieu soit loué pour les samedis matin. Une toute petite touche de culpabilité s'insinua devant sa joie lorsque Josiah se réveilla à son heure habituelle mais la laissa tranquille après un tendre baiser prolongé.

Non. Au diable la culpabilité. Lisa roula vers l'espace chaud que Josiah avait laissé derrière lui, s'étalant sur le lit alors qu'elle savourait ce confort inouï.

Quand elle se leva enfin, un mot l'attendait sur la table de la cuisine.

> *Parti à Silver Stone. De retour pour le déjeuner. Viens me rejoindre si tu veux... Kelli veut que je jette un œil à Molasses.*

Lisa regarda l'horloge sur le mur. Dix heures. Elle avait encore le temps d'y aller si elle prenait un rapide petit déjeuner. Elle se versa une tasse de café et la plaça dans le micro-ondes. Elle venait d'appuyer sur le bouton de démarrage lorsque la sonnette retentit.

Sa sœur Julia se tenait de l'autre côté de la porte et regardait le ciel pendant qu'elle attendait.

Ollie, bien sûr, aboyait comme une folle.

— Une minute. Je dois gérer la chienne, lança Lisa par-dessus les aboiements.

— Pas de problème.

Quelques minutes plus tard, les aboiements continuaient, mais ils étaient contenus dans la salle de bains d'invité. Julia était dans la cuisine, sac en papier à la main.

— Je ne savais pas que tu passais, dit Lisa. Je peux te servir quelque chose ?

Julia secoua la tête.

— J'ai apporté des cadeaux.

Le micro-ondes tinta, et elle le désigna du menton.

— Tu as quelque chose là-dedans ? demanda-t-elle.

— Ouais. Juste une seconde.

Lisa ouvrit la porte et en sortit la tasse de café chaud. Il avait l'air assez peu appétissant, pour être honnête. Elle le renifla et essaya de ne pas s'étouffer.

— Purée, la crème a dû tourner.

Elle le déversa dans l'évier, rinça la tasse et la posa sur l'égouttoir avant de se tourner vers sa sœur.

Julia n'avait plus l'air pensive. Julia affichait un sourire narquois.

Lisa croisa les bras sur sa poitrine.

— Quoi ?

— Entre ça, commença Julia en pointant le couloir où Ollie continuait à aboyer, et ça...

Elle pointa du doigt le café jeté.

— ... je pense que tu as besoin de ça, termina-t-elle.

Le sac en papier lui fut tendu.

Il ne fallut qu'une seconde à Lisa pour en dérouler le haut et attraper la boîte à l'intérieur.

Elle se figea.

— Pourquoi tu m'as pris un test de grossesse ?

Et il ne lui fallut qu'une seconde pour qu'un plus un fasse trois.

— Oh *merde.*

— C'est juste une supposition, dit Julia. Mais tu as mentionné le comportement bizarre d'Ollie et dit que le changement est arrivé vraiment soudainement. Je sais à quel point Ollie adore Josiah, alors il est impossible que ces sentiments aient disparu du jour au lendemain.

Le ventre de Lisa empruntait des montagnes russes, et cela n'avait rien à voir avec le fait d'avoir reniflé du café rance.

— Comment je pourrais être enceinte ?

Julia laissa échapper un rire moqueur. Elle se mit la main sur la bouche pour essayer de l'étouffer.

— Eh bien, voici comment ça se passe. Quand un homme aime une femme vraiment, vraiment beaucoup...

— Tais-toi ! dit Lisa, l'amusement la gagnant malgré ses nerfs ébranlés. Je connais la mécanique, avança-t-elle d'un ton pince-sans-rire. Il n'y a pas eu d'échec de l'équipement.

Avec un large mouvement du bras, Julia indiqua le couloir.

— Fais le test avant de commencer à t'inquiéter du quand ou du comment. Je pourrais me tromper, tu sais.

Seulement, maintenant que cette idée lui avait été présentée, Lisa n'arrivait pas à croire qu'elle avait raté les signes.

— Je vais attendre, si ça ne te dérange pas.

Elle agita la boîte en l'air.

— C'est une chose que j'aimerais faire avec Josiah. Peu importe ce qu'il dira.

Le sourire de sa sœur redoubla.

— Pas de problème. Mais pour info, si tu es enceinte, tu viens de me faire gagner cinquante dollars.

Lisa se mit à rire.

— Hé, c'est moi qui ai la réputation de parier sur tout et n'importe quoi ! Qui va m'accuser de t'avoir corrompue ?

— Kelli à Silver Stone, répondit Julia en faisant un geste vers la table. Viens. Tu as dit que tu me parlerais des colonies de vacances à Rocky Mountain House. Ça donnait l'impression que vous vous amusiez beaucoup à l'époque.

Ce fut ainsi que Lisa tint jusqu'à ce que Josiah rentre. Même si, d'après l'amusement dans les yeux de Julia quand elle quitta la maison une heure plus tard, il y avait des chances que certaines des histoires que Lisa avait racontées aient eu des pauses aux mauvais endroits ou aient été franchement interrompues avant d'être terminées lorsque la distraction l'envahissait.

Une grande et énorme distraction.

Josiah n'avait même pas totalement passé la porte lorsque Lisa le prit à partie.

— Je pense que je sais ce qui ne va pas chez Ollie.

L'inquiétude dans les yeux de Josiah se mua en surprise alors qu'elle décrivait sa matinée avec Julia.

Trois minutes plus tard, ils se tenaient près du lavabo dans la salle de bains, fixant du regard le kit de test de grossesse. Lisa se blottit un peu plus sous le bras de Josiah. Il la serra, et , sans un mot, regarda apparaître avec elle deux lignes roses continues.

Lisa déglutit péniblement. Le bouillonnement dans son estomac avait continué, mais désormais chacun de ses organes était en surrégime. Son cœur battait la chamade, son cerveau tournait à toute vitesse, et chaque centimètre de sa peau semblait électrisé.

Elle se tourna vers Josiah.

— Waouh.

Il lui attrapa la main et déposa un baiser sur ses doigts.

— Est-ce que ça te fait plaisir ?

— Et toi ?

Lisa examina son visage, mais tout ce qu'elle vit fut un fichu acteur qui se contenait, attendant de découvrir ce qu'elle voulait avant de révéler ce qu'il ressentait.

Au diable tout ça. La vérité s'échappa tel un million de papillons qui se précipitaient dans le vent.

— Je suis vraiment, vraiment excitée...

Avant que Lisa ne puisse terminer, il la souleva et la fit pratiquement tourbillonner. Un cri s'éleva des lèvres de Josiah qui fit encore aboyer Ollie. Le grondement résonnait de l'autre côté du mur où le pauvre chiot était à nouveau confiné, dans l'autre salle de bains.

— Oui. Ça me fait plaisir, déclara Josiah. Ça me fait vraiment, *vraiment* plaisir. C'est simplement que nous n'avons jamais parlé d'enfants. Enfin, pas d'en avoir pour l'instant.

— Je pense que nous n'en avons pas parlé parce que nous pensions que ça arriverait un jour.

Il s'arrêta de la faire tourner, ce qui tombait bien, parce que la pièce tournoyait encore.

Josiah s'installa au bord du lit, et Lisa se mit sur ses genoux, poitrine contre torse pour pouvoir le serrer fort.

Il frotta le nez contre son cou.

— *Un jour*, c'est maintenant. C'est assez incroyable.

— *Un jour* c'est dans neuf mois.

Lisa posa une main entre eux et recula pour regarder son visage.

— Quand est-ce arrivé ? Nous avons utilisé des préservatifs.

Josiah haussa les épaules.

— Est-ce que ça a vraiment de l'importance ?

— Juste pour calculer la date d'accouchement.

Lisa frissonna lorsqu'elle enregistra ses propres paroles.

— Oh mon Dieu ! ajouta-t-elle.

Josiah avait l'air un peu hébété lui aussi.

— Ça vient de rendre ça un peu plus réel, avoua-t-il.

— Une date d'accouchement. Pour un bébé, dit Lisa en testant ces mots. Pour *notre* bébé. Le début de notre famille.

Josiah pressa les mains contre les joues de Lisa, avec une expression pleine d'émerveillement. Il restait là, à la fixer du regard, et c'était une petite leçon d'humilité, qui lui donnait vraiment la sensation que son cœur se serrait.

— Je t'aime, chuchota-t-elle.

Il hocha la tête.

— Je t'aime, répéta-t-il.

Son regard dériva sur le corps de Lisa et atterrit sur son ventre. Il posa les doigts dessus.

— Et je t'aime aussi, ajouta-t-il.

Cela suffit . Lisa perdit son sang-froid.

Heureusement, Josiah n'avait pas peur de quelques larmes, et il valait mieux, parce qu'en étant enceinte, qui savait dans quelle aventure hormonale elle était sur le point de s'embarquer.

Un bébé. Waouh.

Quand elle se fut reprise, Josiah la fit glisser sur le matelas, puis lui fit signe de ne pas bouger.

— Maintenant que nous savons ce qui se passe, je parie que nous pouvons gérer Ollie.

Les jappements à l'arrière s'étaient réduits à un long hurlement toutes les quinze secondes, mais lorsque la porte s'ouvrit, la chienne couleur crème fila dans la pièce et réussit à se lancer sur le lit.

Elle couvrit Lisa de léchouilles, regardant Josiah avec méfiance alors qu'il entrait de nouveau dans la pièce.

— Je n'arrive pas à y croire. Elle savait que j'étais enceinte, dit Lisa en soupirant tandis qu'Ollie grognait doucement. Qu'est-ce que tu vas faire ?

— Je vais me déplacer lentement. Avec un peu de chance, elle arrêtera d'être aussi protectrice au bout d'un moment, mais pour l'instant, tu as un chien de garde.

Il contourna Ollie et s'installa prudemment pour pouvoir caresser le chiot sans trop se rapprocher de Lisa.

Ollie agita très légèrement la queue alors même qu'elle se pressait contre Lisa et gardait un œil attentif sur Josiah.

Neuf mois, moins allez savoir combien de jours. Gérer une chienne de garde surprotectrice ne serait qu'une partie de cette aventure.

Lisa avait hâte.

5

———

Week-end du 5 septembre, jour du second mariage de Zach et Julia

Josiah adorait chaque centimètre de Lisa, et les changements qui se produisaient lentement mais avec régularité ces derniers mois ne faisaient que parfaire tout ce qu'il adorait. Sans parler des changements physiques, même s'il était plus que prêt à admettre que son corps de femme enceinte était plus sexy qu'il ne l'aurait jamais imaginé.

Sa confiance en elle s'était encore accrue. Il ne se lassait pas de la regarder se pavaner pendant qu'ils se préparaient pour le mariage de Julia et Zach.

Alors que la foule familiale convergeait vers le ranch de Red Boot, les sœurs Coleman de Whiskey Creek et la horde de femmes de la famille de Zach avaient tout autant contribué aux événements.

Mais alors qu'ils assistaient à la cérémonie du mariage, à l'ouverture des cadeaux, et à toutes les autres réjouissances prévues, c'était d'avoir Lisa à ses côtés qui rendait Josiah le plus heureux.

Ils se reposèrent un moment pendant la danse, assis près de Tamara Stone, qui tenait dans ses bras son fils de presque un an et demi. Tyler se tortillait, bambin animé de bien trop d'énergie pour cette heure de la soirée.

— Laisse-moi le prendre, proposa Josiah.

Tamara lui remit immédiatement le petit garçon.

— Vas-y, tonton Josiah, répondit-elle avant de lancer un coup d'œil à Lisa et de secouer la tête. Tu es tellement belle. J'avais l'air d'une baleine quand j'en étais à ton stade de la grossesse.

— Tu dis n'importe quoi, répliqua Lisa. Tu as à peine pris du poids, tu vomissais tellement du début à la fin ! Je suis bien plus grosse que tu ne l'étais, et il me reste presque encore huit semaines.

— Je suis contente que tu n'aies pas eu la nausée sans arrêt, ajouta Tamara en hochant la tête avant de sourire. Même si je dois admettre que je suis aussi ravie que tu aies eu la décence de vomir un peu pendant les trois premiers mois.

— Tu ne me l'aurais jamais pardonné si j'avais vécu toute ma grossesse sans difficulté, dit Lisa d'une voix traînante. Je suis bien trop intelligente pour ça.

Tamara se tourna vers Josiah.

— Alors, est-ce que cette journée vous a donné des idées, à Lisa et toi ?

— *Tamara*, intervint Lisa en croisant les bras sur sa poitrine et en haussant un sourcil. Je sais. Parlons du moment où Caleb et toi allez vous lancer pour donner un autre camarade de jeu à Tyler et à notre petit.

Tamara plissa les yeux.

— Ça, c'est dégueulasse.

Josiah rit, puis s'adressa sérieusement à l'enfant dans ses

bras, qui jouait joyeusement avec les clés qu'il lui avait données.

— Tu vois, Tyler ? Avoir une sœur est quelque chose de génial. Et tu en as déjà deux.

Mais il était plutôt content d'avoir évité cette discussion. Il disait la vérité quand il disait que le mariage n'était pas une priorité pour lui.

Seulement, en regardant Zach et Julia prononcer leurs vœux... il avait senti un petit pincement au cœur. Même si Josiah ne tenait pas à se marier, il n'aurait pas dit non non plus. Ses parents étaient mariés depuis x années et ses sœurs, toutes deux casées, gardaient de bons souvenirs de cet événement.

Il aurait aimé s'en soucier un peu plus ou un peu moins, mais la vérité était qu'il était tellement dans l'incertitude qu'il était inutile de dépenser davantage d'énergie à décider pourquoi le sujet ne cessait de lui revenir à l'esprit.

Heureusement, il avait la source de distraction la plus merveilleuse qui soit dans cette femme qui, même si elle n'était pas à lui par le nom, était vraiment à lui de toutes les autres manières possibles.

Lisa et Josiah rentrèrent chez eux après que la danse fut terminée. Elle s'assit sur le siège du milieu de la camionnette, les bras serrés autour de son biceps, la tête posée contre son épaule.

Pendant une seconde, il pensa l'avoir entendue ronfler.

— C'est déjà l'extinction des feux ? la taquina-t-il doucement.

— La dame enceinte est fatiguée, murmura-t-elle. C'était un magnifique mariage. Je suis si heureuse pour Julia !

— Et pour Zach. J'ai cru qu'il allait se déboîter le visage, tellement il souriait.

— Sa petite sœur m'éclate. Je suis sérieuse. Il faut que je

trouve quelqu'un d'ici pour Petra, parce qu'elle aurait parfaitement sa place avec nous, les Whiskeytaires.

Josiah ne se donna pas la peine d'essayer de dissimuler son petit rire amusé. Il commença simplement à chanter la chanson de l'entremetteuse d'*Un violon sur le toit*, soulignant combien tous les hommes étaient absolument horribles.

Lisa commença à rire alors qu'il chantait d'une voix de fausset et son amusement s'était transformé en vrais hoquets de rires quand Josiah se gara sur la place de parking devant leur maison.

— Arrête. Tu me tues, dit Lisa péniblement.

Josiah la prit dans ses bras, referma la portière de la camionnette d'un coup de hanche avant de la porter vers les marches de devant.

— Je ne chante pas *si* mal que ça.

Lisa passa les bras autour de son cou et lui lança un sourire doux et ensommeillé.

— C'est vrai. Ollie n'aboie même pas.

Le petit terrier les attendait pourtant juste derrière la porte. Elle montra quand même momentanément les crocs à Josiah jusqu'à ce que Lisa se mette à genoux et la rassure, lui montrant que tout allait bien.

Le lendemain matin, Lisa affichait son expression la plus dangereuse.

— Il y a une chose que je veux que tu fasses pour moi aujourd'hui, informa-t-elle Josiah pendant qu'ils étaient encore attablés à prendre leur petit déjeuner.

— Avant ou après le déjeuner familial d'aujourd'hui ?

— Juste après le petit déjeuner, si ça ne te dérange pas. Ce n'est rien de colossal, mais j'ai besoin de ton aide.

Seulement, une fois qu'ils eurent nettoyé la cuisine et montèrent dans la salle comme demandé, Josiah resta bouche bée de surprise.

— Ton idée de ce qui n'est pas trop colossal et important est un peu décalée par rapport à la mienne, l'informa-t-il.

Lisa se tenait près du matelas sur le sol et un large rayon de soleil dansait sur sa peau. Elle ne portait qu'un soutien-gorge et une petite culotte – un *string*, s'il ne se trompait pas.

Elle posa les poings sur ses hanches.

— Est-ce une blague au sujet de mon ventre de femme enceinte ? demanda-t-elle.

Josiah traversa immédiatement la pièce et passa doucement ses paumes sur la peau chaude de cette incroyable partie de son corps.

— Certainement pas. Mais, trésor, que je prenne des photos de toi nue tombe dans la catégorie des choses très importantes. Juste pour info.

Lisa se pelotonna contre lui et son odeur l'enveloppa comme une bouffée de bonheur.

— J'adore les photos que nous avons prises durant cette soirée entre filles.

Josiah les adorait aussi.

— *Oui, mon amour. Tu étais magnifique*[i].

Lisa lui lança un grand sourire.

— Je me sentais très sexy, très heureuse de pouvoir prendre ces photos et de les partager avec toi. Mais maintenant je veux des photos qui soient vraiment pour moi. Est-ce que ça te dérange ?

Josiah baissa les yeux sur elle, sur cette femme qui était entrée dans sa vie avec la force d'une tornade. Tout ce qu'elle touchait se transformait en or. Tout ce qu'elle accomplissait pour lui le laissait stupéfait d'avoir survécu tant d'années sans le cœur qui battait désormais dans sa poitrine.

— Je suis vraiment privilégié de prendre ces photos, mais crois-moi. Elles sont pour moi aussi.

La principale pensée qui lui traversa l'esprit pendant que

Lisa retirait le reste de ses vêtements, entreprenait de prendre la pose avec les mains qui lui couvrait à peine les seins et s'orientait pour que le doux renflement de son ventre se retrouve bien en évidence sur certains clichés fut...

Dieu soit loué pour les appareils photo numériques !

S'ils avaient fait ça autrefois, il aurait dû apprendre à utiliser une chambre noire pour les développer lui-même. Impossible que quiconque d'autre que lui la voie comme ça. Elle était une terre mère. Elle était une déesse.

Elle était *à lui*.

Bien des minutes fascinantes plus tard, Lisa avait atteint le stade où elle était étendue sur le matelas, tête penchée en arrière, les cheveux cascadant sur le sol derrière elle. Elle se cambra, souleva ses seins lourds et releva un genou. Elle était à la fois une madone et une séductrice.

Josiah prit encore quelques clichés, puis la rejoignit.

— Laisse-moi voir, dit-elle en tendant la main avec empressement vers son téléphone.

Josiah lança le téléphone par terre, le faisant glisser sur le tapis, hors de portée.

— Plus tard, les photos. Pour l'instant, j'ai un culte à célébrer.

L'expression de Lisa s'illumina, et elle lui jeta un regard en coulisse, ses paupières étaient soudain devenues lourdes.

— Ça a l'air plutôt chronophage.

— Si je fais ça bien, aucun de nous ne se souciera que nous ne fassions rien d'autre aujourd'hui.

Voilà comment ils faillirent rater le déjeuner familial après le mariage. Mais les photos sur son téléphone valaient bien la peine d'être taquinés.

Après leurs ébats amoureux, le second point d'orgue fut son idée soudaine d'un cadeau parfait pour Lisa. Il avait pris sa photo préférée – celle où il avait calé son téléphone et réglé la minuterie avant de prendre son ventre entre ses mains et de former un cœur avec ses doigts et ses pouces sur le renflement – et avait confectionné une carte qui disait *Je vous aime tous les deux.*

Lisa avait pleuré une minute quand elle l'avait ouverte, secouant la tête, comme incrédule, mais la joie dans ses yeux lorsqu'elle avait enfin levé son regard rempli de larmes vers lui était sincère.

— Tu es incroyable.

— J'avais du bon matériel sur lequel travailler.

Une autre journée. Un pas de plus vers la prochaine aventure.

6

———

6 octobre, week-end avant Thanksgiving[i]

Lisa mit les poings contre ses hanches et lança un regard noir à Josiah.

— Nous en avons déjà parlé. Je ne sais pas pourquoi tu essaies de changer les choses à la dernière minute.

Josiah affichait son air raisonnable. Celui qui avait commencé à apparaître beaucoup plus souvent tandis que le ventre de Lisa s'arrondissait et que son équilibre devenait plus précaire.

Elle n'aimait pas ça. Voir cet air. Le ventre et l'équilibre pourri faisaient partie intégrante du fait d'avoir un enfant, mais que Josiah essaie de l'amadouer ? Ça ne figurait pas dans la liste de ce qui la rendait heureuse.

— Oui, dit-il en hochant lentement la tête. Nous avons accepté de participer à la fête des Coleman à Rocky Mountain House. Mais c'était avant que le présentateur météo annonce qu'une énorme tempête de neige risquait d'arriver ce week-end, bien que nous soyons début octobre.

— Ce n'est pas comme si nous n'avions jamais eu de neige en octobre avant, signala Lisa.

— Non, en effet. Seulement, nous n'avons jamais eu à rouler dans une tempête de neige quand l'un de nous est une femme enceinte avec deux semaines devant elle avant l'accouchement. Et l'autre un futur père qui n'est pas pressé d'aider à mettre au monde ledit bébé sur le bord de la nationale si nous avons des problèmes de véhicule au milieu d'une tempête de neige hors saison.

— Utilise encore une fois ce ton de voix raisonnable avec moi, et je lâcherai Ollie sur toi, menaça Lisa.

— *Ha.* Ollie et moi avons trouvé un terrain d'entente. Nous pensons tous les deux que c'est mieux pour toi, pour nous *tous*, de rester à la maison.

Josiah soutint son argument en sifflant légèrement.

La petite chienne apparut, arrivant précipitamment de la cuisine, où elle s'était installée. Instantanément, elle imita un chien de berger et tenta de ramener Lisa dans la chambre. Ils ne savaient pas pourquoi Ollie avait décidé de commencer à faire ça au cours des derniers jours, mais Josiah trouvait ça amusant comme tout.

Lisa ? Pas vraiment.

— Je n'approuve pas cette nouvelle habitude, râla Lisa, mais elle tendit la main vers celle de Josiah, puis se glissa entre ses bras.

— C'est mieux que de grogner ou de montrer les dents.

C'était vrai, et il l'avait beaucoup toléré pendant les derniers mois sans se plaindre qu'il était assez déraisonnable qu'Ollie semble aimer davantage Lisa en ce moment.

— Je voulais aller à la fête, dit-elle avec un gémissement surjoué exagéré et en faisant la moue.

Il déposa un baiser sur sa tempe et la serra fort.

— Je sais, ma puce. Mais... s'il te plaît ? Pour que je n'aie pas à m'inquiéter ?

C'était le dernier clou dans le cercueil. Lisa n'avait aucune intention d'insister pour obtenir quelque chose qui risquait de le blesser. Peu importe combien la fête aurait été amusante.

Cela faisait partie leurs efforts des derniers mois : continuer à apprendre comment être un couple, découvrir les concessions requises pour être ensemble, dire clairement quand quelque chose était important pour l'un d'eux et laisser couler ce qui était plus bas sur l'échelle des priorités.

Maintenant, alors qu'il restait si peu de temps avant qu'ils ne soient un couple avec un bébé, Lisa se rendait compte encore une fois combien son cœur appartenait à cet homme.

— Je t'aime, dit-elle.

Il tapota les doigts contre sa poitrine, puis contre son ventre rond.

— Je vous aime aussi.

Elle savait exactement ce qu'il disait, ce qu'il voulait dire. L'émotion l'étreignit, et soudain rien ne lui suffisait plus.

Elle voulait davantage.

Lisa leva la tête vers lui alors que des larmes lui montaient aux yeux.

— Bien. Nous ne prendrons pas le risque d'aller à Rocky pour la fête. Mais j'aimerais faire quelque chose de spécial ici. Avant que mes sœurs ne partent, si ça ne te dérange pas.

— C'est une super idée.

Il la balança légèrement et doucement dans une danse silencieuse.

— Que veux-tu faire qui te rendra heureuse ? demanda-t-il.

Son idée était l'aboutissement de mois de réflexion, associés à la confiance supérieure et extrêmement vive qui continuait à grandir avec chaque instant tendre où Josiah lui montrait son amour inconditionnel.

Son idée était un peu décalée...

Non, elle était *parfaitement* inattendue, mais alors qu'elle regardait dans les yeux de Josiah, Lisa sut que c'était le moment.

— Je veux qu'on se marie.

Josiah en resta bouche bée. Sa mâchoire faillit rebondir sur le sol, en fait, puis il réagit. Encore une fois, il fit tournoyer Lisa, alors que le mot *oui* résonnait à ses lèvres, puis il la reposa à terre et l'embrassa à lui en faire perdre la raison.

Même s'il était difficile de s'embrasser quand ils souriaient autant.

Il recula enfin juste assez pour croiser son regard.

— Tu es sérieuse ?

— Oui, oui. Vendredi soir ? Nous pourrions faire venir tout le monde pour le dîner, pour avoir fini avant qu'ils ne partent samedi.

— Ce n'est pas que je ne te croie pas, mais je vais vérifier une dernière fois, parce que chaque fois que le mariage a été mentionné jusqu'à maintenant, tu étais très fermement contre.

Josiah se tendit comme s'il se préparait pour l'impact.

— Ce n'est pas un truc avec les hormones, n'est-ce pas ? demanda-t-il.

Lisa éclata de rire alors qu'elle tapait du poing contre son biceps.

— C'est une dangereuse audace, mais je comprends pourquoi tu te poses la question.

Elle l'attira vers son endroit préféré dans le salon. Ils avaient découvert que si lui prenait le coin du canapé et qu'elle se pelotonnait plus ou moins sur lui, son ventre reposait contre le corps de Josiah et que cela les rendait tous les deux heureux.

Ollie bondit à leurs pieds et s'installa, les clouant sur place pour qu'ils ne puissent pas battre en retraite. La petite chienne avait enfin accepté Josiah comme un mal nécessaire.

Lisa caressa la mâchoire puissante de Josiah en avouant la vérité.

— J'ai passé beaucoup de temps cette année à essayer de trouver cet étrange sentiment de manque qui me dérange. Ce n'est pas comme s'il y avait un travail auquel je veuille vraiment postuler ni un titre professionnel qui semble suffisamment important pour me qualifier. Ce n'est que dernièrement que j'ai réellement compris ce que je cherchais vraiment.

— Continue.

Josiah lui attrapa les doigts et les serra contre son torse.

— Je veux un qualificatif qui relève totalement ma décision. J'ai été une cow-girl, et une sœur, et une aidante, et tant d'autres choses. Toutes ces fonctions correspondaient à ce qu'il fallait faire. Elles répondaient à une partie de ma nature, et elles me rendaient heureuse.

De petits pieds s'enfoncèrent suffisamment fort contre ses côtes pour la faire hoqueter.

— Oh là, là. Le petit fait de la gymnastique.

Elle glissa la main de Josiah sur la partie active de son ventre, et ils attendirent. À peine une seconde plus tard, elle prenait une brusque inspiration, et Josiah se mit à rire.

— Heureusement qu'il ne te reste plus trop longtemps. Notre petit cow-boy a déjà enfilé ses bottes.

Elle regarda sa main qui touchait doucement son ventre, prenant soin de leur bébé avant même qu'il ne soit arrivé... Lisa leva les yeux vers Josiah et termina sa pensée du mieux qu'elle put.

— Même être une mère et fonder une famille, c'est simplement advenu. Et j'en suis ravie, mais je veux que nous fassions quelque chose que nous ayons délibérément choisi. Je veux un qualificatif que je choisis, et c'est ton nom. Je veux être une Ryder. Peut-être que c'est bête, mais partager un nom de famille que nous puissions donner tous les deux à ce bébé me semble approprié.

L'amour qui brillait dans les yeux de Josiah était incroyablement intense.

— Je n'ai jamais été aussi fier, avoua-t-il. Pas simplement parce que tu as choisi de prendre mon nom, mais parce que tu sous-entends que ce que j'ai fait au cours des années a assez de valeur pour que mon nom signifie quelque chose.

Sa voix se brisa à la fin, puis il se tut.

Il passa la main derrière sa nuque et attira son visage contre son torse. Et même si elle ne pouvait pas voir ses yeux, elle était presque certaine qu'elle n'était pas la seule à pleurer à cet instant.

Quand ils l'annoncèrent à ses sœurs, il y eut d'autres larmes de joie. Ainsi que des cris, des rires, et beaucoup de taquineries.

Son père fit précipitamment le trajet de Rocky Mountain House pour se joindre à eux, et à peine trois jours plus tard, le vendredi soir avant Thanksgiving, ils se rassemblèrent dans une pièce remplie de gens. Des moniteurs vidéo étaient installés sur tout le périmètre, chacun relié à la famille éparpillée de Josiah pour qu'elle puisse aussi prendre part aux festivités.

Lisa se tenait à côté de Julia, pointant chacun du doigt.

— Lenora est à L.A. Et là, c'est Micah, à New York. Tu te souviens de lui ? C'est lui qui nous a fourni les tickets du spectacle à Vegas l'année dernière.

Julia agita les doigts vers le frère de Josiah.

— Une de mes villes préférées, le taquina-t-elle.

Finalement, Malachi Fields, ami de la famille et juge de paix du coin, dut taper sur un verre avec une cuillère pour attirer l'attention de tout le monde et commencer la cérémonie.

— Je vous laisserais bien continuer la fête, dit le grand homme élégant avec un sourire lumineux alors qu'il lançait un coup d'œil autour de lui. Mais si nous ne les laissons pas dire les bricoles appropriées, il n'y aura rien à fêter.

— Dans cette famille, il y a toujours quelque chose à fêter, avança Tamara.

La pièce se calma finalement, et soudain le moment tant attendu était là. Pas de grande robe chic ni de salle décorée. Simplement Josiah et elle qui se levaient des sièges où ils avaient été placés l'un à côté de l'autre à table. Ollie s'assit docilement, le derrière sur le pied de Lisa.

Entourés de leur famille, de leurs amis.

Sans doute n'avaient-ils pas voyagé à travers le monde. Mais il y avait des gens à travers le monde qui les regardaient avec amour et leur souhaitaient le meilleur tandis que Josiah prenait les doigts de Lisa entre les siens.

Josiah se concentra intensément sur Lisa et lui leva la main pour y déposer un baiser avant de commencer.

— J'ai fait ça pour toi.

Il lui tendit un lot de fiches.

Lisa se mit à rire.

— Dis-moi que tu n'as pas essayé d'écrire un script pour ce moment.

Elle baissa les yeux, lut rapidement et un brusque éclat de rire lui échappa avant qu'elle ne lève plus haut la fiche et ne lise à haute voix :

— *J'étais tenté d'écrire un script mais j'ai pensé que tu improviserais de toute façon. Nous sommes tout seuls, trésor. J'y vais en premier.*

Des rires retentirent à travers la pièce.

Les lèvres de Josiah s'incurvèrent avant qu'il ne continue :

— Ça devait être comme ça : spontané. Parce que ne jamais savoir d'un instant à l'autre ce que tu vas faire rend ce qu'il y a entre nous nouveau chaque jour. Lever les yeux et voir l'espièglerie dans ton regard fait que je me sens vivant et prêt à affronter le monde.

Son regard se posa sur le ventre de Lisa. Elle portait une chemise bleu clair à manches longues tendue dessus.

Josiah ajusta légèrement sa position, passa un bras autour de Lisa et posa la main là où se trouvait leur bébé. Puis il leva de nouveau les yeux vers elle.

— Je t'aime, Lisa. Je suis heureux que tu veuilles prendre mon nom. Le fait que tu veuilles passer le reste de ta vie avec moi me rend humble. Je prévois de faire tout ce que je pourrai pour te rendre heureuse.

Waouh. Elle déglutit péniblement, mais l'énorme nœud qu'elle avait dans la gorge refusa de disparaître.

— Je ne savais pas que ce serait aussi difficile, avoua-t-elle, la voix tremblante, complètement secouée par tout ce qu'il avait dit. Tu me rends heureuse. Et je veux passer ma vie avec toi. Et je pense que tu es le meilleur homme au monde, ce qui signifie que prendre ton nom est une évidence.

Il lui lança un grand sourire.

Lisa leva le menton.

— Et je ne l'ai probablement pas dit assez souvent, ou suffisamment fort, ou exprimé assez sans mots, mais je continuerai à travailler là-dessus à partir de maintenant. Je t'aime, Josiah. Je t'*adore*. Je suis si heureuse que tu sois à moi !

Il y eut peut-être quelques autres épisodes ensuite avec le juge de paix et la signature des papiers, mais tout ce que Lisa vit, ce fut les yeux de Josiah, l'amour en eux, le sourire sur ses lèvres, son bras musclé autour d'elle alors qu'il la serrait fort.

Ce qu'elle se rappela avec une totale clarté ? La dernière annonce de Malachi.

— Je suis absolument ravi de vous présenter le docteur Josiah Ryder et madame Lisa Ryder.

La pièce explosa sous les cris et les vuvuzelas. Les doigts de Josiah se resserrèrent sur la hanche de Lisa, et des bulles de joie se répandirent dans ses veines comme si elle s'était injecté du champagne.

La fête continua, mais Lisa attrapa finalement Josiah par la main et l'entraîna avec elle dans le couloir en direction de l'intimité de leur chambre. Pendant tout le trajet, Ollie était pratiquement dans leurs pattes.

— Avons-nous fini de faire la fête ? demanda Josiah en souriant.

— J'ai fini, avoua-t-elle. Mais ils s'amusent tous. Inutile qu'ils s'arrêtent. Tu viens me mettre au lit ?

— Laisse-moi aller dire à Zach de fermer la porte pour nous. Julia et lui pourront tout éteindre.

Lisa avait à peine terminé de se brosser les dents et de se préparer à se coucher quand Josiah revint. Un instant plus tard, il se glissait entre les draps et passait les bras autour d'elle, tout en se plaçant en position de cuillère, puis lui frotta la nuque du nez. Sa grande main était posée à plat sur son ventre rond.

— Merci pour cette soirée merveilleuse, dit-il.

Le sommeil envahissait Lisa.

— C'est ce que je voulais aussi, tu te souviens ?

— Je suis quand même le gars le plus chanceux du monde, l'informa Josiah vivement. Maintenant, endormez-vous, madame Ryder. Je veux m'amuser avec mon épouse demain, et elle a besoin de beaucoup de repos ces temps-ci.

— Waouh, fit Lisa avant d'inspirer profondément. Je ne suis plus une Coleman. Je suis une Ryder.

Josiah émit un petit rire.

— Je t'aime. Dors.

— Je t'aime aussi.

Ce n'était pas un si grand changement que ça... et pourtant

si, dans tous les aspects qui étaient vraiment importants. Il était son mari. Elle était son épouse.

Elle avait un nouveau nom de famille.

Cela avait été une belle journée.

7

———

*L*e mariage avait été tout ce qu'il avait espéré.

Mais toute la famille de Lisa qui allait à la fête des Coleman à Rocky Mountain House sans eux tôt le lendemain ? Ce n'était pas ce qu'il avait espéré.

Elle ne disait rien, mais les *regards* que Lisa lui lançait ? Ils empirèrent lorsque le soleil apparut, brillant comme si Mère Nature elle-même tirait la langue à Josiah, rien que pour lui causer des problèmes.

— Waouh. On dirait bien qu'une vilaine tempête de neige est en chemin, dit Lisa en s'installant sur sa chaise et en posant les pieds sur les genoux de Josiah. Un temps qui a l'air très dangereux. Je suis si contente que nous ne nous y soyons pas aventurés !

— Tu cherches les problèmes ? demanda Josiah d'un ton neutre.

Lisa laissa tomber sa tête sur le côté.

— Je *m'ennuie*. Il n'y a rien à faire, répondit-elle en le regardant d'un air pensif. On pourrait encore aller à la fête, tu sais.

— *Lisa.*

Il souleva les pieds posés sur ses cuisses et lui chatouilla le dessous d'un pied avant de la lâcher.

— La raison pour laquelle on appelle ça le *temps* c'est parce qu'ils ne savent pas tant que ça s'ils peuvent vraiment prévoir ce qui va se passer.

— Ha, ha, très drôle, marmonna-t-elle.

— Si tu veux, tu peux m'accompagner. Je pensais faire un tas de visites bénévoles aujourd'hui.

Il regarda le ventre de Lisa, puis ses pieds nus.

— Ça veut dire qu'il faut t'habiller, *chaudement*, et que tu dois me promettre de me dire si tu es fatiguée et que tu veux rentrer à la maison.

Lisa bondit pratiquement de sa chaise sous l'effet de l'excitation. Sa tasse de thé abandonnée, elle se dépêcha d'aller dans le couloir menant à leur chambre en lançant par-dessus son épaule :

— Je peux m'habiller en quelques minutes.

Josiah tint sa langue. Impossible qu'il lui dise à quel point elle était mignonne quand elle se dandinait dans le couloir maintenant que le poids du bébé la tirait vers le bas.

En fait, il était presque sûr que rien que de penser le mot *dandiner* était dangereux.

Malgré tout, elle *était* mignonne. Et c'était son épouse. Son cœur se retourna encore une fois quand elle sortit en portant un jean de maternité, boutonnant une des chemises en flanelle de Josiah en dessous.

Il l'attira contre lui, incapable de résister.

— Tu es la femme la plus sexy qui existe, surtout quand tu portes mes vêtements.

Elle répondit à son baiser, le corps pressé contre le sien, sans que ce soit une tentative de séduction, mais s'appuyant contre lui parce que leur lien leur donnait de la force à tous les deux.

Le ventre de Lisa se contracta. Il fit lentement des caresses en cercle dessus.

— À nouveau de fausses contractions ?

Lisa poussa une longue expiration mesurée.

— Plus ou moins régulièrement. Je suppose que je devrais être contente d'avoir un peu d'entraînement avant le grand jour, mais bon sang, ça fait mal.

Peut-être que l'emmener dans ses visites n'était pas la meilleure des idées. Il regarda leur foyer cosy et chaleureux et essaya de trouver quelque chose qui la distrairait suffisamment pour qu'elle propose volontairement d'abandonner leurs projets de vagabondage.

— Oh, non, arrête ! dit Lisa en attrapant l'avant de sa chemise pour le secouer. Tu as encore cette expression dans le regard. Celle qui indique que tu voudrais m'enrouler dans du papier bulle.

— Je ne peux pas m'empêcher d'y penser, protesta Josiah. Ça ne veut pas dire que je vais passer à l'action.

— Et comment, que tu ne vas pas le faire !

Lisa passa à côté de lui d'un pas martial en direction de la porte d'entrée. Comme elle ne pouvait pas voir ses pieds à cause de son ventre, elle fit une petite danse en essayant de les glisser dans ses bottes toute seule.

Josiah se mit à genoux et la guida. La main de Lisa se posa sur son épaule et l'étreignit doucement pour le remercier.

Heureusement, le premier arrêt que Josiah prévoyait de faire était au refuge pour animaux.

Ils étaient à peine entrés dans la cour que Sonora Fallen sortait de sa maison en faisant signe à Lisa d'approcher.

— Je sais que je t'ai vue hier soir, mais nous n'avons pas

vraiment eu l'occasion de parler. Viens, prends une tasse de thé avec moi, l'encouragea la jeune grand-mère.

— J'arrive, promit Lisa avant de se tourner vers Josiah. Tu es sournois, se plaignit-elle.

— Je ne sais pas de quoi tu parles, dit Josiah sincèrement avant de lui embrasser le nez et de l'envoyer rejoindre la maison chaude et confortable, où il savait que Sonora garderait un œil sur Lisa et s'assurerait qu'elle n'en fasse pas trop.

Dans le refuge, il se mit au travail, examinant les quelques animaux dont Sonora lui avait parlé la semaine précédente. Il avait presque terminé lorsque quelqu'un de plus âgé apparut au bord de l'atelier. L'homme aux cheveux argentés était le contremaître du ranch de Silver Stone. Il avait aussi un faible pour Sonora, en dépit des protestations des deux intéressés.

Josiah était très curieux de savoir ce qu'Ashton Stewart faisait exactement au refuge aussi souvent. Finn, Zach et lui avaient quelques idées sur le sujet, mais rien d'assez spécifique pour leur permettre de le taquiner.

— Toutes mes félicitations pour ton mariage, déclara Ashton en appuyant une hanche contre la table et en inclinant légèrement le menton vers Josiah. Je me demandais quand vous décideriez de rendre ça officiel.

C'était trop tentant.

— Ça n'avait pas besoin d'être officiel pour être réel, signala Josiah. Deux personnes qui aiment passer du temps ensemble, qui se correspondent assez bien et deviennent un couple... difficile d'appeler ça autre chose qu'une relation permanente.

Malheureusement, Ashton ne mordit pas à l'hameçon.

— Lisa va toujours bien ? Tout va bien avec le bébé ?

— Elle est dans la maison avec Sonora, si vous voulez la voir, proposa Josiah. J'ai fini avec les animaux ici.

Ashton hocha la tête avec approbation.

— Je vais te prendre au mot.

Il était impossible de se méprendre sur la joie dans les yeux de Lisa quand Ashton et lui entrèrent dans la maison. On ne pouvait pas non plus se méprendre sur le rougissement qui apparut sur les joues de Sonora, mais il n'était pas aussi facile à expliquer sans mettre le pied sur un territoire où Josiah ne voulait pas encore s'aventurer.

Ils discutèrent tous ensemble pendant un moment, la main de Lisa posée tranquillement dans celle de Josiah. Il joua avec l'anneau qu'il lui avait passé au doigt la veille et s'étonna que la vie puisse être aussi merveilleuse.

Si ce n'est que Lisa se crispait de temps à autre, quand les fausses contractions la saisissaient, que ses doigts se serrant alors sur sa main, c'était le genre de distraction reposante qu'il avait espéré fournir.

— Vous êtes attendus quelque part, ou je peux vous tenter avec un déjeuner ? demanda Sonora en se levant et en rassemblant les tasses.

Josiah regarda Lisa, qui réfléchit puis hocha la tête.

Il était presque quatorze heures quand ils quittèrent enfin le foyer cosy, Ashton s'attardant derrière eux.

Le silence régnait dans la camionnette alors qu'ils se dirigeaient vers leur prochaine destination, du moins jusqu'à ce que Lisa commence à rire doucement.

— Est-ce que ces deux-là pensent vraiment que personne ne sait ce qui se passe ?

— Qu'elle lui plaît ? demanda Josiah.

Un son moqueur et peu gracieux échappa à Lisa avant qu'elle ne tourne des yeux rieurs vers lui.

— Oh, mon chou. Ne me dis pas que tu crois qu'ils sont coincés à l'étape du flirt innocent. Je parie qu'ils s'envoient en l'air depuis au moins un an, si ce n'est plus.

— *Lisa !*

Josiah fut choqué pendant un instant avant de réfléchir un peu.

— Enfin, tu sais quoi ? continua-t-il. Tu as sans doute raison.

— Qu'est-ce que tu as dit ? Je ne t'ai pas bien entendu.

— J'ai dit que tu as raison...

Ce fut au tour de Josiah de rouler des yeux.

— Bon sang, tu m'as eu, ajouta-t-il. Encore une fois. Oui, ces deux-là font probablement des bêtises. Ou ils devraient, vu l'électricité dans l'air chaque fois qu'ils sont dans le périmètre l'un de l'autre.

Lisa passa les doigts autour du bras de Josiah et soupira tout en posant la tête sur son épaule.

— C'est agréable de savoir que dans trente ans, nous voudrons encore nous sauter dessus.

Il ralentit et prit le virage prudemment.

— Je suis content de savoir que nous n'aurons pas besoin de coucher ensemble en catimini.

— Mais parfois nous le ferons quand même, l'informa-t-elle avec un grand sourire. Parce que ça rendra les choses encore plus amusantes.

Étonnamment, il savait qu'elle avait raison là-dessus aussi.

Lisa se pencha en avant, les mains prudemment posées sur son ventre alors qu'elle regardait par la vitre.

— Ça fait partie du ranch de Lone Pine, n'est-ce pas ? Des terres de Brad et Hanna ?

— Nous passons par l'autre côté, lui dit Josiah. C'est pour ça que ça n'a pas l'air aussi familier. Brad a laissé les terres aux Devereaux, et leur bétail reste ici jusqu'à la fin du mois. François m'a demandé si je pouvais examiner quelques unes de leurs vaches avant qu'ils les emmènent dans les hauts pâturages où il est beaucoup plus difficile d'effectuer un examen.

Lisa soupira joyeusement.

— Je sais où nous allons ! Hanna m'a dit qu'ils avaient installé une balancelle au chalet. J'irai m'y asseoir avec plaisir pendant que tu travailleras dur.

Ce qui créait un autre moment parfait de la journée : Lisa emmitouflée confortablement sur la balancelle, avec des coussins et une couverture qu'il avait pris danse le joli petit chalet perché à flanc de coteau.

Ollie aurait normalement passé son temps à suivre Josiah pendant qu'il examinait les animaux, mais elle était convaincue à cent pour cent que Lisa avait besoin d'un chauffe-pieds.

Regarder sans cesse derrière lui, vers le chalet tandis que l'après-midi s'écoulait revenait à placer une tasse sous un robinet qui fuyait. Chaque fois que Josiah la voyait, un doux sourire aux lèvres tandis qu'elle caressait Ollie paresseusement et regardait la campagne, son cœur se remplissait un peu plus.

Il lui restait encore un animal avant d'avoir terminé quand Ollie fut soudain à ses pieds.

— Hé. Tu t'ennuies à faire la sieste ?

Ollie avança de trente centimètres en direction de Lisa, puis revint vers Josiah. Elle recommença, encore et encore, comme si elle était une abeille effectuant une danse pour indiquer qu'il devait vraiment aller *tout de suite* dans cette direction.

Voilà en tout cas ce qui devint clair lorsque Lisa se redressa sur la balancelle, avec un juron retentissant.

— Josiah ?

Il partit en courant, Ollie sprintant à ses côtés.

— Qu'y a-t-il ?

Elle avait les yeux écarquillés, et les deux bras enroulés autour de son ventre.

— Je crois que je viens de perdre les eaux.

8

———————

Lisa était absolument partagée entre le rire et les jurons. Bien sûr, elle avait perdu les eaux avec deux semaines d'avance, quand personne de sa famille n'était là, et alors que Josiah et elle se trouvaient au milieu de nulle part.

Puis la douleur la frappa, et elle n'eut pas assez de souffle pour faire autre chose que lever les yeux vers Josiah.

Tout bien considéré, s'il avait juré ou avait eu l'air le moins du monde paniqué, elle ne lui en aurait pas voulu. Mais toute trace d'inquiétude de la moindre sorte disparut, et tout ce qu'elle vit fut une excitation compétente.

— Eh bien, d'accord alors. Un peu plus tôt qu'on ne s'y attendait, mais je suppose que la brioche dans le four est complètement cuite.

Josiah lui toucha tendrement la joue, même si elle savait très bien qu'il vérifiait aussi la dilatation de ses pupilles.

— Montons dans la camionnette. Rappelle-toi, ils ont dit durant les cours prénatals qu'il ne faut pas s'inquiéter quand on perd les eaux. Nous n'allons pas nous presser, mais si nous partons maintenant, nous serons sur la nationale avant qu'il ne fasse nuit.

Lisa hocha la tête.

— Je suppose qu'on n'appelle plus ça de fausses contractions, n'est-ce pas ?

— Tu les sens ?

L'étroitesse de la bande sur son ventre rendait difficile de respirer profondément. Combiné au fait que ses poumons ne semblaient pas avoir assez d'espace en temps normal, avec le bébé qui consommait l'essentiel de la place dans son abdomen...

Elle serra les dents une seconde, prenant une légère respiration.

Josiah posa la main dans son dos, et la caressa en cercles, avec des murmures apaisants.

— Je prends ça pour un oui. Viens, trésor. Essaie de respirer lentement.

— Ça fait mal.

Lisa aurait juré davantage, mais cela n'aurait fait qu'empirer la douleur. Elle posa la tête contre l'épaule de Josiah jusqu'à ce que la contraction passe. Puis elle leva les yeux et croisa son regard.

— Je veux rentrer à la maison, ajouta-t-elle.

C'était une remarque vraiment irrationnelle, mais Josiah hocha la tête.

— Je vais t'aider à te lever.

L'intérieur de son jean était collé à ses jambes, mais elle remarqua à peine la gêne de l'humidité visqueuse. Que sa vessie soit sur le point d'exploser l'agaçait davantage.

— J'ai besoin d'une pause-pipi avant que tu ne me charges sur la banquette.

— Tu as besoin d'un coup de main ?

Elle agita la main.

— Ça va, je peux le faire. D'autant plus que je n'utilise pas la cabane au fond du jardin, je vais faire pipi à côté de la maison comme si j'étais un de mes ploucs de cousins.

— Je vais faire démarrer la camionnette et je viens te chercher, promit Josiah.

Cela ne prit pas longtemps à Lisa. Elle se tortilla pour retirer son pantalon mouillé, avec l'intention de s'enrouler dans la couverture qui se trouvait dans la camionnette. Elle revint, et l'absence notable de bruits de moteur attira son attention sur Josiah, qui ouvrait le capot du véhicule.

Oh, bon sang !

— Qu'est-ce qui ne va pas ?

Elle aurait bien proposé de l'aider, mais c'était un domaine où elle n'avait aucune compétence. Et lorsqu'il recula et fit la grimace, elle se souvint qu'il n'était pas très doué avec les véhicules non plus.

— Laisse-moi une minute.

Il sortit son téléphone.

Elle sortit le sien sans avoir guère d'espoir pour le réseau dans cette partie des montagnes.

Ouais. Zéro barre.

Josiah croisa son regard une seconde plus tard.

— On va t'installer dans le chalet, et je vais aller chez Brad pour chercher de l'aide.

Une autre contraction frappa Lisa avant même qu'ils ne soient à deux pas de la camionnette.

— Bon sang.

Il l'aurait bien portée, mais elle lui fit un signe de dénégation.

— Laisse-moi rester là une minute.

Elle était présente quand le travail avait commencé pour Tamara. La prochaine fois qu'elle verrait sa sœur, Lisa lui remettrait un trophée ou bien lui enverrait une bonne droite, parce que Tamara avait donné l'impression que la douleur était tolérable.

Lisa était convaincue qu'on la déchirait en deux.

De haut en bas, sa peau était devenue moite, et des étoiles dansaient devant ses yeux. Mais durant tout ce laps de temps, Josiah la serra contre lui, lui parlant doucement et l'apaisant.

Si elle avait eu une batte de base-ball, elle l'aurait frappé avec à ce moment-là. Vraiment très fort.

— Je t'aime, se força-t-elle à dire entre ses dents serrées. Mais je vais te tuer, putain.

Les lèvres de Josiah tressaillirent, mais il la suivit quand elle fit un pas titubant vers le chalet.

— Garde ça en tête. Mais on entre d'abord.

L'intérieur du chalet contenait une table et des chaises, un petit coin cuisine et un poêle à bois. En plus, il y avait un lit deux places contre un mur, et Lisa détestait vraiment qu'ils soient sur le point de mettre le bazar dans ce refuge cosy.

— Nous allons avoir le bébé ici, n'est-ce pas ? demanda-t-elle.

— Peut-être ?

Josiah se tourna pour voir son visage. Il avait retrouvé son assurance.

— Ça ira pour nous. Le *bébé* ira bien. Seulement, nous devons parler de ce que nous voulons faire.

Je veux rentrer à la maison.

Les mots résonnaient dans sa tête, mais Lisa réussit à les empêcher de franchir ses lèvres.

— Je pense que le travail a vraiment commencé. Nous devons chronométrer mes contractions.

— Est-ce que tu veux que je coure chercher de l'aide chez Brad ? Ça devrait me prendre environ une heure et demie, plus le temps qu'il faut compter pour qu'une équipe arrive ici.

Josiah guida Lisa vers une des chaises qui se trouvaient à

côté de la table, et elle s'installa avec précaution, la main sous son ventre, où les contractions étaient les plus fortes.

Elle se le demanda. Elle se le demanda vraiment.

— Tu penses qu'on devrait ?

Josiah inspira longuement.

— Je pense que tu es en excellente condition physique, sans problème de santé particulier. Je pense que nous pouvons faire ça seuls, sans risques. Mais je ne peux pas le garantir. Alors je ferai ce dont tu as besoin.

La gorge de Lisa se serra un peu, ce qui n'était pas une bonne idée puisqu'elle avait besoin de chaque atome d'oxygène disponible pour continuer à respirer, pour continuer à gérer les contractions.

— C'est le karma qui se venge parce que je t'ai appelé en renfort quand le travail a commencé pour Tamara, n'est-ce pas ?

Josiah laissa échapper un éclat de rire.

— Eh bien, tout s'est bien terminé. Alors peut-être que le karma qui nous dit que tu peux le faire.

Une autre contraction l'étreignit, la broyant en lui arrachant un cri perçant.

— Allons, ma douce. Respire. *Respire.*

Tant bien que mal, Josiah passa les bras autour d'elle, les lèvres posées contre sa tempe. Il prit une profonde inspiration et la laissa lentement ressortir, dans un son semblable à une bourrasque régulière. Cela donna à Lisa quelque chose à imiter, pour prendre une fraction de seconde supplémentaire avant d'inspirer brusquement. Elle continua à s'accrocher au poignet de Josiah jusqu'à ce que ses muscles se détendent lentement de nouveau.

— Ce serait probablement la chose la plus maligne à faire, mais je ne veux pas que tu me laisses, avoua-t-elle.

Lisa avait la bouche sèche, et ses jambes tremblaient, mais pour l'instant, elle pouvait respirer et réfléchir.

Elle le regarda droit dans les yeux.

— Quoi qu'il arrive, c'est le bon choix. Reste avec moi. Nous le ferons ensemble.

Josiah hocha résolument la tête, l'embrassa sur le front puis s'éloigna brusquement.

— Je vais aller fouiller pour trouver quelques affaires. Parle-moi. À l'instant où tu sens la contraction commencer, je serai là et nous traverserons ça.

Ce fut ainsi qu'ils passèrent leur soirée. Dès le début, les contractions furent puissantes mais assez espacées pour que Josiah réussisse à trouver tout ce dont il avait besoin dans le petit chalet. Il essaya de redémarrer la camionnette un certain nombre de fois, mais en vain.

De plus, une fois que Lisa sut que c'était là qu'ils allaient rester, il lui fut plus facile de remettre ses pensées à zéro. Elle tourna en rond dans le petit espace. Elle prit quelques objets à l'air intrigants dans sa main pour se concentrer dessus quand les contractions la frappaient.

Ils sortirent même sur la terrasse et allèrent dans le champ pendant un moment alors que le soleil descendait sur l'horizon et que tout le ciel brillait de couleurs orange et or.

Ils avaient de l'eau, et ils avaient de quoi manger et des vêtements dans le compartiment d'urgence que Brad gardait approvisionné. Il l'avait montré à Josiah bien des lunes auparavant, parce que le chalet était utilisé comme arrêt d'urgence pendant le mauvais temps.

Lisa était encore assez alerte pour taquiner Josiah au sujet du magnifique temps dehors.

— Je suis si heureuse que nous ne soyons pas coincés quelque part sur le bord de la nationale au milieu d'une tempête de neige.

— Sur une échelle d'un à dix, une camionnette sur le bord de la nationale dans une tempête de neige est à un. Ça, ça se classe bien plus haut.

— Prendre une douche me manque, râla-t-elle. J'avais vraiment hâte d'être sous l'eau chaude.

Josiah était un homme charmant, aimable et *merveilleux*, et elle décida qu'elle ne le tuerait pas après tout, parce que l'instant suivant, il avait une casserole d'eau qu'il avait fait chauffer sur le poêle à bois, et un gant. Il lava son visage en sueur et essuya ses membres jusqu'à ce qu'elle se sente presque humaine.

Les contractions commencèrent finalement à s'accélérer. Lisa avait refusé de mettre la pagaille sur le lit, alors à la place, ils avaient créé un nid confortable sur le sol en utilisant des coussins.

Puis il n'y eut plus un instant de répit entre les contractions, et peu importe dans quelle position Lisa se trouvait, cela lui faisait mal, puis encore plus mal où elle avait déjà mal.

— J'ai fini, lui dit-elle. Je veux juste dormir.

— Juste encore un peu. Nous y sommes presque.

Josiah prit de nouveau sa joue dans sa paume... un geste tellement tendre. Mais Lisa remarqua bien qu'il avait retiré sa main juste assez vite pour qu'elle n'ait pas une occasion de s'y agripper au cas où elle aurait décidé de le mordre.

Le soleil commençait juste à se lever, les ténèbres baignant le moindre recoin de la pièce reculaient devant une autre lumière que celle des bougies et de la lueur dorée du verre dans le poêle hermétique.

Ollie aboya une fois, bruyamment.

Le bruit fut un choc soudain après le silence paisible qui avait empli le chalet pendant si longtemps. Paisible... enfin, en dehors des gémissements et des grognements de Lisa... et de son occasionnel juron.

Soudain, la douleur changea. Au lieu d'être déchirée, membre après membre, une pression grandissait en elle, menaçant d'exploser.

— Josiah ?

Il avait dû sentir sa question parce qu'il était là, à l'examiner avant de croiser son regard avec un hochement de tête excité.

— C'est l'heure. Tu peux pousser. Accroche-toi bien.

Quand elle raconterait ça à ses sœurs plus tard, ce serait la partie qu'elle sauterait parce qu'elle était floue, et heureusement peu mémorable. Quelles que soient les hormones magiques qui traversaient son cerveau, ce devait être quelque chose qui aidait les gens à oublier les moments traumatisants de l'accouchement pour qu'ils soient prêts à recommencer plus d'une fois.

Mais l'autre partie de la magie vint de Josiah. En voyant son expression, déjà tellement emplie d'amour, devenir étrangement encore plus vive alors que leur petite fille arrivait. Il fallut s'occuper du bazar avec le placenta, et il y eut des larmes, à la fois du bébé et de Lisa, mais le reste était magnifique, le bébé était parfait, et le lever du soleil emplissait la pièce de tant de promesses !

Allez savoir combien de temps plus tard, Lisa tenait leur petite fille contre sa poitrine nue. Josiah était assis derrière elles, les tenant tendrement alors qu'il murmurait des mots d'amour. Le bébé avait été nettoyé et lavé. Lisa avait bu de l'eau et mangé, et maintenant ils étaient enroulés dans une couverture, se câlinant alors qu'ils savouraient ces premiers moments en tant que famille.

— Est-ce qu'elle ressemble à une Zoë pour toi ? demanda Lisa en passant un doigt contre une parfaite petite joue.

— Elle ressemble tout à fait à une Zoë, répondit Josiah. Seulement, est-ce que je peux changer son deuxième prénom ?

Lisa leva les yeux. Il regardait Zoë avec une expression d'émerveillement absolu.

— Lequel veux-tu ?

Il pointa la fenêtre du doigt, puis l'endroit où ils étaient assis, baignés par la lumière dorée du matin.

— Dawn[i] ? Sunshine[ii] ? Elle est notre petit miracle, et je repenserai à ce moment chaque fois que je la verrai.

— Zoë Dawn Ryder, répéta Lisa en la regardant, puis elle hocha fermement la tête. Ça me plaît. Ça me plaît beaucoup.

Lisa pencha la tête en arrière pour que Josiah voie son visage.

— Hé, papa. Je parie que le surnom que tu lui donneras sera Rayon de Soleil.

— Je parie que tu as raison, maman.

Josiah l'embrassa, puis il embrassa Zoë, et il se mit à rire parce qu'Ollie était là, agitant frénétiquement la queue alors qu'elle demandait à faire partie du groupe.

Josiah leva la petite chienne vers un endroit sûr, proche du bébé mais pas trop.

Ollie renifla prudemment avant de reculer en se tortillant. Elle s'installa à leurs pieds, tourna trois fois sur elle-même avant de s'allonger. Elle posa la truffe sur ses pattes en poussant un soupir de contentement, comme si elle avait réalisé la tâche d'une chienne la plus énorme et importante de tous les temps.

Lisa s'appuya contre le torse de Josiah et écouta les battements de son cœur les envelopper tous les trois – tous les *quatre* –, les entourant d'amour.

NOTES

Message De La Part De Vivian

i. Vous verrez ce que dit Ollie à la fin d'*Oh bébé !*

Chapitre 1

i. NdT : En français dans le texte.

Chapitre 3

i. NdT : Pissenlit Duveteux.

Chapitre 5

i. NdT : En français dans le texte.

Chapitre 6

i. NdT : Au Canada, Thanksgiving est fêté le deuxième lundi du mois d'octobre.

Chapitre 8

i. NdT : *Dawn* signifie *aube, aurore.*
ii. NdT : *Sunshine* signifie *lumière du soleil.*

~

Vivian Arend, auteure de best-sellers au classement du *New York Times*, vous invite à Heart Falls. Même après la fin de l'histoire, *leurs* histoires continuent. Cette série d'instantanés et de novellas se déroule dans l'univers de Heart Falls et met en scène des couples et personnages annexes déjà rencontrés.

~

Recueil de nouvelles Heart Falls
Tome 1: Trois mariages et un bébé
Tome 2: Soirée entre filles
Tome 3: Une nuit qui change tout

~

Vivian fait actuellement traduire ses nombreuses séries. Merci de consulter son site web pour toutes les dernières informations.
www.vivianarend.com/fr

À PROPOS DE L'AUTEUR

Avec plus de 3 millions de livres vendus, Vivian Arend est une auteure de best-sellers figurant aux classements du New York Times et de USA Today. Elle a écrit plus de 70 romances contemporaines et paranormales.

Ses livres sont des romans intégraux qui peuvent se lire indépendamment de toute série et ne se terminent pas sur un suspense. Ce sont des histoires pleines d'humour et d'émotions, avec des moments sensuels et des fins heureuses. Vivian estime avoir le plus beau métier au monde. Elle habite en Colombie-Britannique, au Canada, avec son mari depuis plusieurs années (l'inspiration de chacun de ses héros et un compagnon volontaire pour toutes sortes d'aventures).